全民微阅读系列

天 降 红 雪

吕啸天 著

江西高校出版社

图书在版编目(CIP)数据

天降红雪/吕啸天著. —南昌:江西高校出版社,
2017.9(2020.2重印)

(全民微阅读系列)

ISBN 978-7-5493-6059-8

Ⅰ.①天… Ⅱ.①吕… Ⅲ.①小小说—小说
集—中国—当代 Ⅳ.①I247.82

中国版本图书馆 CIP 数据核字(2017)第 225566 号

出 版 发 行	江西高校出版社	
社 址	江西省南昌市洪都北大道96号	
总编室电话	(0791)88504319	
销 售 电 话	(0791)88592590	
网 址	www.juacp.com	
印 刷	永清县晔盛亚胶印有限公司	
经 销	全国新华书店	
开 本	700mm×1000mm 1/16	
印 张	14	
字 数	180 千字	
版 次	2017 年 10 月第 1 版 2020 年 2 月第 2 次印刷	
书 号	ISBN 978-7-5493-6059-8	
定 价	36.00 元	

赣版权登字-07-2017-1164

目录 / CONTENTS

第三辑　社会百态

第五辑　史海大千

第一辑

世象缩影

过　程

　　黄金花园天上人间住宅小区一号别墅在中午一时突然发生倒塌。三层高的楼房像被腰斩了一样倾倒下来，横跨在公路上。做牛油生意的屋主牛老板一家三口没有一人跑出来。

　　匆匆路过的路人像电影院的观众一样围在事发现场，带着惊恐、悲伤难过的情绪，以幸灾乐祸或无动于衷的心态在观看这一"风景"。有关责任单位的人员像电影演员一样陆续来到事发现场。

　　接到举报的消防队员最先赶到。他们一言不发地在挖掘，看看还有没有生还者。

　　公安局方副局长带着数十名干警随后来到，并指示立即封锁事故现场，任何闲杂人员不准入内，"要彻底查清原因，看看是否人为破坏？"

　　市委龙书记在方副局长做指示的时候来到了现场。他一脸严肃地用沉重和伤痛的语气作了三点指示：一要尽最大的努力寻找可能的生存者，二要动用各方力量做好善后工作，三要尽快查清事故原因。

　　中年作家何清路过，骤然间见到这一惨剧，不由得感慨万千："生命如此脆弱，活着才是真正的幸福。"

　　"阿弥陀佛！"站在作家身后的游方化缘的和尚了空却双手合十，喃喃道，"苦海无边，脱离红尘，愿佛祖保佑牛施主一家早日到达极乐世界！"

金源律师事务所头头韩主任得到消息，立即指派所里最有办事能力的华律师和陈律师赶到事发现场，看看有没有法律方面的纠纷需要代理的，比如告房地产开发商？

刚在一家豪华酒店用过丰盛午餐的暴发户金牙发叼着"大中华"（烟），开着豪华的奔驰轿车准备回黄金花园88号别墅睡午觉。路过事故现场，金牙发的醉意被吓醒了几分，骂道："他妈的，好好的楼房说倒就倒了！一不留神，老牛一家就向阎王报了到！"牛老板的不幸令金牙发及时行乐的心态陡然膨胀。他调转车头向夜夜笙歌夜总会驶去，找小姐开房"休息"去了。

一名以捡破烂为生的流浪汉望着倒塌的楼房，不由得心中一阵欢喜：一定有东西可以捡！但是威严的公安守在那里，令他不敢上前，他想：等天黑了再浑水摸鱼。

市电视台的罗记者以及报社的钟记者也受所在单位指派赶到事故现场挖料。

黄金花园的开发商钱老板凭经验知道，新闻记者绝对不会放过这样的机会。他想：塌楼事故一旦报道出去，现在正在开发的第二期工程所建的100栋别墅就别指望卖出去了。于是，他用最快的速度将黄金花园的20多名保安叫到办公室："不准记者报道，如有人拍电视拍照片，就将他们的家什砸了！"

胖胖的保安队长问："如果他们追究起来，砸掉的家什谁赔？"

钱老板用牛卵一样的眼睛瞪了一眼胖队长，没好气地说："你还怕我没钱赔那几条摄影枪和那几架照相机？"

第二日，市日报的第一版除了刊登塌楼事故的报道，还刊登了另外三条与塌楼相关的报道——《担心塌楼事故曝光，保安当众追打记者》《受塌楼事故刺激(肩题)大白天公然开房嫖娼,暴发户金某现场被捉》《流浪汉起贼心(肩题)潜进事故现场,试图顺手牵羊》。

世相两题

再病一次

乡长老莫家计划建新房,预算需15万元,但老莫手头上仅有10万元。老莫和他的婆娘伍花分别找过几位亲戚借钱,但仅借到几千元,资金缺口甚大,建新房的计划被搁浅。

伍花心生一计:让老莫"病"一次。

老莫不得要领。伍花耐心开导:她有一位远房表哥在城里的一个要害部门当副头目。去年一个有求于他的人宴请他,表哥喝酒喝到胃出血,到医院住院治疗,前去探病的人络绎不绝,都带去了表达心意的东西——钱和补品。最后一算,补品收了百余袋,"慰问金"3万元,乐得表嫂连声说:"病得好!"

伍花对老莫说:"你是乡长,大小也是一个头,求你办事的人也不少,你'病'了,他们敢不来看你?来看你,还能空手来?"

老莫被婆娘说动了心,就莫名其妙地"病"了。

伍花就向外放风:"咱家老莫累坏了身子,病得不轻。"

果真如预料的一样,乡里的不少乡亲都涌到老莫家,劝他好好养病。

不过,他们人人都只带了两个鸡蛋。乡下探望病人,都是拿这东西。最后一算,总共收到 500 个鸡蛋,按市价算,值三四百元。

伍花气得破口大骂。老莫哭笑不得,臭骂婆娘尽出馊主意。

伍花骂完,又想:不对! 来探病的人仅拿这东西,那是认为老莫得的是小病。如果老莫病得厉害,他们能只拿鸡蛋来吗? 伍花说:"老莫,你得再'病'一次!"

老莫觉得伍花的想法也有道理,半月后就住进了镇医院。

伍花对外说,老莫这次得了肝炎,挺严重的。

然而,老莫在病床上躺了两天,竟然没有一个人过来探望。老莫心中暗想,莫非走漏了风声,他们知道了内情?

伍花心里也没底:这住院一天得两三百元,弄不好,到头来会赔本。

第三天一早,三个乡亲来到了病房,领头的那个挑着两麻袋东西。

伍花见了大喜,嘴里仍客气:"来了就好,还带啥东西?"

挑东西的那个说:"乡亲们都忙着田里的活,抽不出身来看乡长,就委托我们三个作代表。这两麻袋装的都是乡亲们到山上采的溪黄草等草药,对乡长的肝病有好处。"

老莫望着那两麻袋山草药,一时之间,真想大哭一场!

公　示

区委组织部派人找镇长老区谈话时,老区正在洗桑拿浴。那是下午 3 时,镇里一位老板请老区吃饭,喝高了,老板就带他去放松放松。

老区心急火燎地赶回镇政府。来人说,组织部准备让老区出任区委办副秘书长。按干部任命手续规定,先要找老区谈话。

老区一颗悬着的心即刻被狂喜所包围。老区任镇长以来最大的政绩是修建了一座造价两亿元的高架立交桥。路通,财通,镇里的经济也得到了飞速发展。但老区从承包这个工程的包工头手里拿了 200 万元回扣。

200 万元回扣成了老区的一块心病。每每从电话里听到上面有人来找他谈话,他就胆战心惊。为避免东窗事发,老区挖空心思地伪装自己。

谈话结束后的第二天,区委组织部按任命干部的新规定,对老区进行"公示",就是将老区的个人简历登在报上,在登报的十日内让市民进行表决。

第八日,老区就被请进了市反贪污贿赂局。原来,公示的第二日,区委组织部就接到了举报电话。

老区进了监狱后,一直在想是谁举报他的?那 200 万除了包工头外,没外人知道。这钱连他老婆也不知道!

知情的人也在猜测这事:会不会就是那包工头举报的?

老区想了几日,觉得想明白了,就叫看守给他取纸笔。看守以为他写检查材料。谁知,一张信纸,老区反复只写着几个字:老天有眼,纸包不住火!

空　房

县委机关宿舍大楼的 1204 房是一间空房。县委秘书二科刘秘书常常仰望着那间空房出神,其脸上那专注和神往的情态,犹如一位朝圣者面对着圣地一样虔诚。

县委机关宿舍大楼又名公务员大楼，是五年前兴建的，一共12层，有48个套间，面积最大的有120平方米，最小的有70多平方米。

从工程动工那一刻起，刘秘书就像重病者被打了一支强心剂一样，变得亢奋起来，刘秘书做梦也想要房子。刘秘书是从农村来到城里的，之前是住集体宿舍。结婚时，县政府给了他一房一厅的套间，房子是七十年代初建的，出奇的小，仅有40平方米。初时，他尚觉得不错，但生了儿子，把父母接进城里后，他才感受到生活空间窄小的种种难处。尤其令他感到难为情的是房子隔音效果差，夜里，过夫妻生活时像做贼一样小心翼翼，不敢弄出什么声响，但父亲还是在一次酒后婉转地说，夜里睡觉时尽量安静一些！

环境的残酷，加上心理上的种种压力，令他和妻子在夫妻生活中感到索然无味。妻子在悲伤难过的同时，也一再让他想想办法。他去找过领导，但一句话就给顶了回来："县政府现在已没有房子，再等等吧！"

盼星星，盼月亮，终于盼来了新房子。新宿舍大楼一建好，刘秘书就迫不及待地写了申请书。

很快，新房分配方案和名单出来了，但是里面没有刘秘书的名字。刘秘书气急败坏地去找领导，领导却一脸的平静："这次申请分房的人特别多，而房子有限，最后，经县委常委会讨论通过。股级以上干部才有资格分房。"

刘秘书只是一般的办事员，同方案沾不上边。刘秘书像从山顶上一下子掉入山谷里，失望，绝望，愤怒，使他大病了一场。

病好了，心境逐渐平和，刘秘书无意中听到一个消息：房子还有顶层的 1204 房没分出去,因为县机关股级以上干部一共是 47 人。

刘秘书又看到了希望,他又一次去找领导。这一回,领导有些不耐烦了:"常委会定下的方案哪能说改就改的?"

"我情况比较特殊!"刘秘书申辩道。

领导不高兴了,道:"你有你的特殊,别人也有别人的特殊!"

刘秘书想了想,说:"房子空着也是空着,要不就租给我,租金比外面少些。"

"这不是空着不空着的问题,房子的分配问题是一个原则问题,这事没有商量的余地!"

1204 房就成了真正的空房。

一年过去了。

又一年过去了,1204 房还是空房。刘秘书一家仍挤在那又破旧又窄小的房子里,他和妻子对夫妻生活越来越没兴趣。

五年过去了,县领导换届了。刘秘书还在秘书二科当秘书。刘秘书带着新的希望去找新领导。

"不行!"新领导一口拒绝了他,"这是上届政府执行的方案,我们怎么能一下子就否定了它?!"

空房仍是空房。

一年过去了。

又一年过去了!

1204 房仍是空房。刘秘书一家仍挤在破旧窄小的旧房子里,他的妻子已经不肯同他过夫妻生活了,她有了外遇!

第十个年头到了,省里要建一条铁路,宿舍大楼首当其冲不得不拆掉。从没有住过人的 1204 房也被拆掉。

唉!拆房的工人万分痛惜地说:"早知道这样,这房子就不该建!"

楼下,有一个人看着被拆掉的 1204 房,不觉悲从中来,放声大哭……

这个人就是刘秘书的妻子。

特别报道

小溪县《小溪日报》记者石一峰是在夜里 12 时被报料电话叫醒的:"县粮食局招待所发生特大火灾!"

多年记者生涯中获得的经验使他意识到这是一条重要的新闻线索。石一峰以最快的速度赶到事故现场。现场一片混乱,消防队员正在紧张地扑灭大火,相关领导正陆续赶来。从大火中逃出的顾客和服务员惨不忍睹,有的衣服和头发被烧焦了一些,有的只穿着条裤衩就跑了出来。几个惊魂未定的还忍不住哭了起来……

凌晨 3 点,大火终于被扑灭。现场一清点,共烧掉客房 35 间,8 名顾客和 5 名消防员受伤,直接经济损失估计约 200 万元。大火的起因初步怀疑是电线短路造成的,最为致命的是火灾发生后,招待所的消防器材因长时间得不到保养,无法使用。

石一峰根据现场采访的素材,准备写一篇关于这场火灾的特别报道。早上 8 时,他顾不得休息就赶到粮食局采访一把手钱局长。

钱局长一听是报社记者来挖料,就直皱眉头。他两手一摊,极不耐烦地说:"现在,我正在全力以赴处理善后事宜,不接受任何新闻单位的采访。"

"我只问三个问题,占用您 10 分钟时间就行了!"石一峰以退为进地说道。

"半分钟也不行!"钱局长以不容商量的口气说,"同时,我警告你,在事故原因查清之前,你乱发报道,出了事,后果由你自负!"

石一峰气愤地退出。他一边走一边想:你不接受采访,我就不能写稿了吗?都什么年代了,你还想捂新闻?

钱局长在石一峰退出后,想想不妥,便以最快的速度给主管新闻工作的县委宣传部朱副部长挂了一个电话:"火灾报道最好不要报,否则不但会影响粮食局的工作,而且也将给整个县的旅游业带来负面影响。"

朱副部长与钱部长私交甚笃。他认为钱局长的理由很充分,就给报社管编务的马副总编打了一个电话,称:"火灾的报道要慎重,最好别报道。"

石一峰熬了一个通宵,写了一篇 5000 字的特别报道,稿件送审时,被马副总编卡住了。他没说发,也没说不发,只说:"先留着。"

钱局长正在为自己的"深谋远虑"而得意时,冷不防省晚报的牛记者一声招呼不打就发表了一篇 3000 余字的特别报道,并配发了两张火灾现场的照片。钱局长铁青着脸像审读重要机密文件一样认认真真地阅读那篇报道。他越看心里越难受,越看心里越紧张。牛记者文中有这样一句话:火灾事故发生后,粮食局主要领导很迟才到达现场!

钱局长无奈地给牛记者打了一个电话:"您的报道我看了,写得挺深刻的。不过关于粮食局领导较迟到达现场的说法需作一些补充说明。那天夜里,我的司机到一个较远的地方打麻将去了,等到把他叫来再赶去现场就迟了一些。您看,是否再写一篇报道?"

牛记者说:"好吧,我抽个时间再去一趟。"

钱局长就整天盼望牛记者来,但一个星期过去了也没见他的人影。钱局长不敢再指望牛记者了,便给朱副部长打了个电话。朱副部长又给马副总编打了个电话。说的都是一件事:让报社发火灾后的报道。

马副总编有些为难地说:"省晚报发了稿,我们再写这样的报道……是否不妥?"

朱副部长很不高兴地说:"这事关系到全县大局的工作!"

马副总编就给石一峰打电话。石一峰又重新去采访钱局长。钱局长反复强调的就是要纠正晚报的某些说法,挽回某些方面的不良影响。

石一峰在返回报社的路上,有些悲哀地想:新闻怎么就被当成游戏来玩了?

现代废墟

市郊东源乡是个经济相对落后的村庄。没钱难办事,周围的许多村子都建起了市级、省级学校,东源乡的小孩仍在破旧不堪的平房里上课。

"乡长想想办法吧!"

乡亲们说！孩子们说！镇干部说！市教育局领导也说！

乡长想了想，想出了一个外出集资的办法。乡长和副乡长分头外出，去北京，去海南，去澳门，找打工的，找在机关上班的，找在澳门做生意的。磨穿了几双鞋底，跑了无数的路，花了两年时间，找遍了外出的所有老乡，最终，筹到了800万元的建校经费。

有钱好办事。三幢五层楼的现代化学校立马动工兴建。8个月后，土建工程竣工。进入装修阶段时，乡里一群10多岁的孩子在放学后欢呼雀跃地涌进学校踢足球。

一个傍晚，这群孩子在踢足球时，将足球踢到了外墙装修的建筑架下。一个小孩飞跑过去捡。料想不到的惨剧发生了：一个灰桶从四层楼高的建筑架上掉了下来，砸在了小孩的头上，还没送到医院，小孩就已告不治。

这太残酷了！

乡长震惊了！教育局领导震惊了！

孩子们害怕！乡亲们也害怕：邪！

经过教育局以及镇领导的努力，经过一番讨价还价的赔偿，惨剧风波终于平息了，但惨剧的阴影却无法从孩子们和乡亲们的心中抹去。

新学校落成后，家长和孩子们竟没有几个愿意从旧校搬过来。

乡长做思想工作，镇领导上门做思想工作，都没效果。乡长、副乡长等一群党员干部用强制的方法，把各自的孩子"逼"进了学校，想起带头作用。但作用不大，其他孩子死活不愿进去。领导的孩子进去仅一个月，又"逃"了出来。

新学校没有启用就成了一个闲置的空楼。

乡长不甘心。副乡长气得病了一场，但无济于事。

乡长想了又想说:"把大楼租出去,租金积少成多,将来再想办法另外建一所学校。"

新学校租出去后,被搞成了一个歌舞厅。市区的年轻人喜欢这里的清静,假日纷纷开车到这里来尽情地玩。一时之间,歌舞厅热闹非凡。但是,经营未到半年,公安局接到举报,前来侦查,发现歌舞厅有卖淫行为,决定予以取缔。

新学校又沉默了,寂静一片。

又是半年后,一位养猪场的老板看中了这块地方。于是,新学校摇身一变成了一个养猪场。粗略一算,竟养了1000多头猪。场地空旷,小猪长得很快,每天吃了,就拼命拉屎。猪屎的难闻气味随风飘送,骚扰了临近学校的住户。

几个住户联名去找乡长:坚决取缔猪场,否则,将派人动手找猪场老板的晦气!乡长没辙,只好让那些小猪搬家。

新学校彻底沉默了!

沉默了一年又一年,风吹雨打,地上长了很多杂草,青黄一片,教学楼的外墙也长满了青苔。

有一天,一位摄影记者路过,觉得这个景有些意思,就拍了一张照片,登在报纸上了,题目就叫《现代废墟》。

马上准备好"糖水"

一向做事很稳重,遇事不慌不忙的乡长老赵此刻内心却无比的着急,刚才区政府办公室办事员小李打来电话,要他准备一桶

"糖水",说是区长带一位省里来的技术员要用,还再三交待要他立刻准备好,不要误了区长的大事。

老赵不知是由于紧张还是激动,或许也有点厌烦小李的唠叨:"好,好! 不成问题!""啪!"的一声就挂断了电话。但是他放下电话马上又后悔了:是要加黄糖、白糖,还是蜜糖? 要不就是甘草加冰糖一起熬的? 噢! 最近乡里出了个甜叶菊专业户,那菊叶配制的水甚至比加糖的水还甜还香呢! 莫非区长……噢,或许是那位技术员想尝尝鲜? 看来"糖水"两字也复杂起来了。尽管赵乡长有些疑惑,但接待区长,特别是还有省里来的技术员,那可不是开玩笑的事,弄糟了,后果可想而知。

赵乡长想了片刻后再把电话打过去,想问个明白。但是电话那头却没有人听。再打小李的手机,传来的却是忙音。

赵乡长默默地吸着烟,一个个烟圈就像一个个大大的问号,他的思绪也随着烟圈腾云驾雾。蓦地,他挥手驱散眼前的烟雾,眯缝着眼露出得意的微笑。

"春华,你马上去买白糖、黄糖、冰糖各两斤,顺带些甘草回来。国亮,到你韩叔家买两斤甜叶菊,要快些!"春华刚想问点什么,可老赵已回过头来交代老马和老牛,立即起火煮水备用。吩咐完这些,老赵的心方觉踏实。

谁知水还没烧开,国亮喘着粗气空着两手回来了。"韩叔不在……"

"什么? 哎,要砸锅了。"老赵来不及细想就跳了起来,接过自行车,刚要出门,"嘀""嘀嘀",迎面驶来一辆面包车。

"老赵,你这大忙人要去哪儿呀?"随着区长的叫声,从车上走下来区长、小李,最后走下车的那位恐怕就是省里来的技术员吧!

"区长,有什么任务吗?"国亮望了望老赵,冒失地问了一句。

"这像什么话?"老赵瞪了眼国亮。区长见他们眉来眼去的,心里好生奇怪,说:"我这次来……"还没等区长说完话,老赵立即接过话头:"区长,噢! 技术员,请两位领导不要见怪,因为不知两位的口味,糖还没配好;不巧的是韩叔又去赶集了,甜叶菊……"老赵望着满载而归的春华,有点语无伦次地说。

"老赵,你说的是什么呀?"区长越发莫名其妙。

"老赵,你过来一下。"小李一把拉过老赵,"老赵,你是怎么搞的?"

"你不是说要准备一桶糖水吗?"

"哎哟! 我说的是鱼塘里的塘水呀。"

小李看着愣住了的乡长,接着解释说:"那位技术员和区长是同学,这次有事路过,特地去看望区长。区长想他是水产养殖方面的技术员,就请他来你们乡,先检测一下鱼塘的水质,看是否适合新引进的'AB'号鱼苗。"

小李的一席话,把赵乡长说得目瞪口呆。

那技术员检测完塘水,连茶都没喝一口,就与区长一块乘车走了。

"封杀"

M市青年作家金子有次跟朋友出去喝酒,醉醺醺地回到家后,信手写了一篇随笔,看也没看就寄给了市晚报副刊。文章发表后,金子引来了一场灭顶之灾。

在那篇不足千字的随笔里,金子写下了这样一句话:"钱才是大爷!读者算鸟?!"

有十余个思想觉悟极高的读者感到受到了莫大的侮辱,一致致电晚报:对金子蓄意侮辱读者进行强烈的抗议,并要求其在报上向读者公开道歉。

金子还没做出回应,群情激昂的读者便按捺不住,涌到市文联,要文联出面,向金子"讨个说法"。年过半百的文联主席是个"火爆"脾气。接到投诉,他好像有一种被这十余名读者扇了耳光的感觉。他拨通金子的电话,先劈头盖脸地把他臭骂了一顿,末了限他三日之内做出书面检讨!

血气方刚的金子在家里愣了半日,越想越气:"不就是醉后写错了句话,要搞得这样严重?哼!我就不写检讨,看看后果会怎样。"

通牒一晃过了三日。文联主席勃然大怒,报文化局同意后,下了一纸"封杀"金子作品的通告:自当日起,两年内,M市的大小报刊(包括内部出版物)一律不予刊发金子的作品。

为预防金子用笔名"蒙混"过关,一些报刊专门把金子的笔迹、写作形式与风格列于一纸,复印、分发给各编辑,以作把关鉴别之用。

"封杀"之初,金子很生气、很苦闷。一直过了数月,金子才痛定思痛:天无绝人之路,M市亮红灯,C市、W市、T市照样可以给我开绿灯。为洗刷被"封杀"的耻辱,金子写得非常勤快,大量的稿件源源不断地流向市外的其他地方。

然而,一晃过了半年,寄出的稿件一篇也没有发表。金子感到恐慌而又不解。一次,他出差到B市,同一编辑吃饭,始知闹得

全民微阅读系列

沸沸扬扬的"封杀"事件辐射力极强。临近市县获知此事后,出于种种因素的考虑,亦将金子的作品打入冷宫。

"我一定要发表作品,哪怕是发一篇给他们看看!"有形的与无形的"封杀",彻底激怒了金子。他像初涉文坛时一样陷入创作的苦闷期。他对自己的文学才华作了一次又一次的怀疑。彷徨不安,使他有时整夜整夜地失眠……

第二年秋,M市文联按省文联的指示,要搞一个长篇系列小说的创作。M市文坛的创作人才正处青黄不接之秋,文联主席思前想后,决定提前撤销对金子的"封杀"令,让其加入长篇小说主创班子,名曰"将功赎罪"。

但是找遍了全市,都没找到金子。问其单位,说是辞职不干了。后有人在股市找到了他。然尚未说明来意,金子一口回绝:"我早已不写文章了。现在专职炒股!"

来人深表遗憾。金子却怅然道:"没什么可惜的,文坛很热闹,多我一个不多,少我一个不少!"

报　案

利新是一位较有正义感和责任感的年轻人。

2015年夏季的某一天,利新到菜市场买了两斤青瓜出来,发现一个长头发、蓄着一撮小胡子的中年男人正用所谓的万能锁匙对停在市场门口的一辆女式摩托车下手。

利新想阻止时,发现已迟了一步,摩托车已经启动了。他刚喊了一声"有人偷车!",那人已驾车一溜烟跑了。

利新连忙来到旁边的公用电话亭打"110"报警。两名警察很快赶来,利新将发现的情况跟他们说了。

警察却要利新回公安分局录口供。利新为难地说:"我老婆出差了,只有5岁的儿子在家,他在等我回家做饭呢!"

"不行!"警察说,"你一定要回去录口供,这是对你个人的负责,也是对案件的负责。你不去录口供,我们有权怀疑你在报假案!"

利新无话可说,无可奈何地上了警车。上车时利新想:偷车的人怎么没上警车,报案的人却进了局里?

一个星期后,公安分局依靠口供上的联系电话通知利新:马上到局里来,抓到一个外貌特征跟你描述一样的偷车疑犯,你前来辨认下。

利新的单位在北边,公安分局在南边,相距有10公里。利新转了几趟车,花了足足一个小时才来到公安分局。警察见他姗姗来迟,有些不高兴,就批评他时间观念差。

利新闻言,有些生气地说:"你嫌我来得迟,那就派车来接!"

哼!批评他的警察更加不满:"你这是什么态度?协助公安机关办案,这是公民应尽的义务,你还想摆谱?"

辨认完疑犯后,利新坐公交车回去,心中越想越气:"我这是干嘛呢,没事找事,跑来跑去,没受表扬,反挨批评!"

隔了半个月,公安分局又抓到了一名偷车疑犯,分局再次通知利新去辨认。利新心里有气,就说正有事忙着,脱不开身。

放下话筒没多久,利新所在单位的一把手来找他,不高兴地说:"公安局找你去,你怎么不去?耽误了办案,你负得起责任吗?"

利新有口难辩,只好再次挤公共汽车。到了局里,那名办案的警察又训了他一顿:"年轻人要有社会责任感,要有公德心,不能做什么事都斤斤计较个人的得失!"

这名疑犯仍不是利新碰到的那个。辨认后,利新也有些恼火,对那名警察说:"都这么长时间了,你们怎么还抓不到那名小偷?"

"怎么说呢,办案总是需要一个过程的!"那名警察说,"我们正在加大抓捕的力度,不过,我们也怀疑你报案时描述的疑犯特征有错!"

利新没再说什么。临走,那名警察拍了拍利新的肩膀说:"我们还会通知你再来的,你要做好思想准备。"

利新仍坐公共汽车回去。走到半路,公共汽车停靠在一个小站里等上车的乘客。一个小孩透过车窗看到车站一侧有一小偷在偷一位大妈的钱包,小男孩见状大声说:"有小偷,偷东西!"

利新也看见了正在作案的小偷,但是,他却神经质地大叫:"我什么也没看见!"

对口扶贫

插完晚造水稻秧苗后,当村里人开始下河摸鱼、上山采药,忙着挣几个闲钱的时候,六叔一个人悄悄坐上了开往城里的长途客车。

"这大热天,你进城凑哪门子的热闹?"六叔的老婆六婶很反感地说。

"我要进城去扶贫!"六叔严肃地说。

长途客车把六叔带到了 600 公里外的大富市。六叔要找的人叫韩宝明。韩宝明是秦来公司的董事长,秦来公司是一家有千多名员工的私营企业。

"扶贫助困,共同富裕!"6 年前,为响应省委提出的"扶贫助困,帮助山区人民脱贫"工程的号召,大富市与河中县成了扶贫结对单位。大富市为了使这项工作开展得更彻底,还拿出了"一帮一"家庭结对扶贫方案,河中县朱红镇狗尾村的贫困户六叔成了韩宝明的扶贫对象。那时候,六叔家在狗尾巴村是有名的贫困户,一家五口窝在一间破泥砖屋里,家中除了锅碗瓢盆外,没有一件值钱的东西。唯一像样的家具就是手工打制的圆木凳。

六叔有两个儿子,大儿子 23 岁,小儿子 21 岁,还有一个 15 岁的女儿在念书。按理说,像这样劳动力比较充裕的家庭,日子应该过得还可以。但是,狗尾巴村很闭塞,村里人除了耕作几亩薄田外,没什么挣钱的门路,有劲无处使,只能干受穷。六叔的两个儿子曾跟山外的亲戚到城里打过一段时间的短工,但又被城里的打工人群挤了出来。

四十出头的韩宝明对扶贫工作很尽心。他开着宝马车,带着女秘书专程来到狗尾巴村。韩宝明行头十足,但他没摆派头,他拍着六叔的肩膀安慰道:"老哥,咱们一起想法子,日子会好起来的!"

正手足无措的六叔听他这样说,感激得热泪盈眶。

韩宝明临走时,放下了 3000 元,让六叔去买几头猪几十只小鸡来养,搞些家庭副业,先打基础。韩宝明还把六叔的大儿子大根带进城里,安排在他的公司上班。

一年后,大根带着一万元回到村里,按韩宝明的吩咐,他用这些钱办起了家庭作坊式的野山果甜酒厂。每隔几个月,韩宝明就派车将成品酒运到城里销售。

结对后的第4年,六叔家脱贫了。六叔拿出五万元盖了一幢三层的楼房,成为狗尾巴村数一数二的富裕家庭。

翻身不忘引路人。六叔一家对韩宝明无比地感激,也无比地尊重。每年中秋节、春节,六叔都要派大儿子或二儿子进城给韩宝明送些土特产,两家成了另一种形式的亲戚。

今年收割早稻后,六叔叫大根进城给韩宝明送一些新米,大根回来后,六叔照例问些见到韩宝明的情形。

"韩叔憔悴了许多,也老了许多!"大根沉重地说,原来这两年韩宝明跟那个女秘书有了那种关系,他给女秘书买车买房,那女秘书成了他的"二奶"。他老婆知道后,跟他闹翻了天,天天跑到工厂去骂他是陈世美。还有,韩宝明的大儿子不久前染上了赌博,受一帮赌友的怂恿,跑到澳门去赌博,一夜之间就输了300万元。

大根回来的那天晚上,六叔一宿未睡好。恩人家里乱糟糟,他心里难受啊!想了一夜,他决定进城跟韩宝明长谈一次。

心情很苦闷的韩宝明见到六叔突然来到城里,又惊讶又高兴,立马带他去吃饭。六叔也不推辞,从行李中拿出精心泡制的青稞果酒与韩宝明对喝起来。酒过三巡,六叔满面真诚地对韩宝明说:"老哥,大根跟我说了您家中的情形,我心里难受啊!我这乡下老头只念过几年书,说不出什么高深的道理,我只想劝劝老哥,富裕来得不容易,要珍惜!"

韩宝明没说话,端起一杯酒一饮而尽。

六叔又道:"这阵子,我老在琢磨,我觉得老哥生活上很富有了,但是有些方面还没有真正脱贫,像处理和嫂子的关系,像世侄爱赌博。"

六叔停顿片刻,继续道:"老哥,咱们一起想法子来处理好家里的事。老哥,我想这也算是咱们之间结对扶贫,互相帮助,共渡难关!"

"我活糊涂了,多谢老哥及时提醒我!"韩宝明紧紧握着六叔的手说,"我明白该怎么做了!"

六叔是次日傍晚乘长途车回到狗尾巴村的。村主任听六叔说了进城的事后,很高兴地说:"向来都是城里人给咱庄户人扶贫,哪见过乡下人进城扶贫? 老六进城扶贫,这好比大姑娘穿开裆裤,头一回的事。"

村主任说六叔进城扶贫算是公事,给六叔报销了来回的车费。

还 钱

银金花园 13 座是一幢 30 层高的高级住宅区。商人王无住在 27 层的一个套间里。王无是做铝材中介生意的。

2016 年 4 月的某一天,建筑商杨八找到王无,说要一批装修用的铝材,价值 50 万元。王无同杨八签订了一份合同并带上 10 万元的支票,找到了供应商韩陆。经双方商定,王无将 10 万元定金交给韩陆,韩陆将价值 50 万元的铝材运到王无的经销部。王无收到货物的第 8 天,将余下的 40 万元货款交给韩陆。

2016 年 5 月的某一天,韩陆将铝材交给王无已经一个月零 9

天了，但仍然没有收到 40 万元货款，于是到王无的经销部催要。王无赔着笑脸说，杨八尚没将余款交给他，所以他也没有钱可以支付给韩陆，他说过几天拿到钱再联系韩陆。

2016 年 6 月的某一天，已回家等了一段时间的韩陆仍然没有等到王无给他电话，有些生气的韩陆再一次到王无的销售部找他。王无哭丧着脸说："杨八已经卷款潜逃了。现在正通知有关方面追捕他，只有找到杨八，剩下的货款才有着落。"

韩陆又生气又着急，说："不管能不能找到杨八，你欠我的钱都应该还。"

"我没说不还！"王无说，"现在我账户上没钱，你再宽限半个月吧！"

韩陆回去以后又等了一段时间，王无仍没有主动联系他，他又找到经销部，但是没有找到王无。店里的伙计告诉他，老板出差去了。

韩陆气得咬牙切齿，一言不发地来到当地工商部门。

2016 年 8 月的某一天，王无正在家里和几个邻居打麻将，突然听到有人敲门。王无开门一看，门口站着的是韩陆。韩陆是从工商所查到王无的住址的。

"你躲？你躲得了吗？"韩陆站在门口大声说，"你欠我的钱一定要还！"

"我没说不还！"当着邻居的面被人追债，王无感到面子上过不去，也有些生气地说，"只不过我的钱也被人拖欠着。"

韩陆说："那是你的事，我只要拿回我应得的货款！"

王无指着屋里一个胖胖的男人说："让玖哥来评评理。玖哥是做大买卖的！"

胖胖的男人叫钱玖，住 28 层，是做饲料生意的，经过多年的搏杀,已挣下了千万元的身家。

钱玖息事宁人地说:"你俩都要冷静,做生意拖拖欠欠是常有的事。不要因一些钱伤了和气。韩老板说的在理,王无也有难处。这事急也急不来。韩老板再给些日子让王无想想法子。"

韩陆说:"那好,就给他一个月时间。"

2016年9月的某一天,韩陆准时来到王无的家里。王无无可奈何地告诉他没筹到钱。

韩陆也失去了耐性,说:"你不还我钱,我就要拿炸药把你的房子炸了。"

住在28层的钱玖打开房门,正要外出的他听到这可怕的话连忙来到27层,力劝韩陆要冷静,并建议他必要的时候可通过法律渠道来解决。

"我现在在等这笔钱来救急,一天也等不得,哪有闲心打官司?这些钱收不回来,我的生意就完蛋了!"

"就你有苦衷?"王无也生气地说:"我的货款被人拖欠,收不回来,我的生意也要完蛋了!"

韩陆怒冲冲地离去。

2016年10月的某一天,韩陆再一次来到王无的家,但是敲了半天门,屋里没有人。

"又躲开了?"韩陆气得七窍生烟,他来到28层,敲开了钱玖的房门。他让钱玖转告王无:"过两天,我不把王无的房子炸了,我就不是人。"

钱玖吓了一大跳,连忙劝韩陆要冷静,但韩陆已转身走了。

2016年11月的某一天,也就是韩陆最后一次去找王无的第二天,他收到了王无派人送来的40万元现金支票。

韩陆松了一口气,思前想后,他觉得自己在还钱的事上处理得有些过激,为表示歉意,他主动给王无打电话。王无的手机关着,于是他给王无的家里打电话。王无不在,是他的妻子接的电话。

"这怎么可能?"王无的妻子万分激动地说,"他哪来这么多钱?"

妻子的怀疑得到了进一步的证实。王无的确没有还钱给韩陆。替王无还钱的是钱玖。

原来那一天,韩陆走后,感到很害怕的钱玖回到屋里看午间新闻。新闻里正好在播一起爆炸案。因经济纠纷案而进行报复者把炸药抱到五楼的一间房里点燃,结果造成房屋倒塌十几间、伤亡数十人的惨案。

钱玖想:王无27层的房子被炸了,他28层的房子还能保存下来?钱玖抱着救贫济困而捐款的心态签了那张40万元的现金支票。

2017年3月的某一天,钱玖和几个知心朋友喝酒,喝高了,钱玖将还钱的事说了出来,他说这是他在2016年度做得最有意思的一件事。

朋友听了,却不无担心地说:"这是不是那两个家伙在演双簧蒙你?"

奇耻大辱

从出租屋到顺顺来宾馆有一条河滨小路。

三陪女晓丽是在天黑时分开始行动的。她沿着河滨小路朝顺顺来宾馆赶去。宾馆 708 房的台湾客商是她今天晚上的目标。

她不是一般的三陪女,她不是陪客人上床然后收三五百元了事的那种,她的胃口很大,一次行动没有十万八万的收获,她是不干的。

而一次给十万八万,没有一个客人会愿意干的。但她有对付他们的武器——微型录像机。出这阴险主意的是一个男人,这个男人就是把她从一个淑女变成风尘女子的人。

大约一年前,她从一个山村小镇来到城里闯世界,最终进了他开的一个小饭馆里端盘子。他邪恶的目光不断地在她纯朴、清丽的脸上猥亵,她害怕地躲闪着。

一天夜里,他用酒把她灌醉,然后,把她糟蹋了。她醒来后,痛哭失声。

他没有安慰她,只是打开录像让她看。画面上就是她光裸着身子的样子。他狞笑着说,如果去告他,这带子就会被寄到她所有认识的人包括她父母的手上。

她害怕了。从此,他彻底地占有她,支配她。约八九个月后,她麻木了,顺从了。

他教她用这个办法去敲诈勒索那些好色而又有身份的男人,得来的赃款四六分,他四,她六。

刚开始,她很害怕。在他的不断唆使下,她干了,而且干得很顺手,已经有 6 个男人在她的石榴裙下倒了大霉。

今晚的目标是由他去摸的底:台商 40 岁左右,有上千万的身家。如果她能按计划顺利完成"任务"的话,弄个三四十万是没什么问题的。

临出发前,晓丽特意进行了一番打扮。涂脂抹粉,描眉画唇,穿上真丝超短裙,丰满的胸乳似露非露,雪白的大腿一览无遗,并特意洒上浓浓的香水。她明白,她自信,她得意:这行头足以将那个男人打败!

河滨路有两里路,走了一半时,天差不多黑了,路灯开始亮起来,与此同时,有个黑影在一棵树下移动。

晓丽暗暗心惊,想加快脚步,脱离危险,但是,黑影已从树后跳将出来,是个凶恶的男人。他挡住她的去路,二话不说,一把将她拖入河堤旁的草丛里。

晓丽吓得浑身发抖,想喊救命却喊不出口。

男人粗暴地去扯她身上的衣服。她大惊,哀求道:"大哥,你想玩女人是吗? 我这里有钱,我给你钱,你去找别的女人,好吗?"

哼! 男人打断她的话:"老子今日就只想玩你!"

晓丽又道:"大哥,跟你说实话,我是卖身子的,脏,你不怕染上病吗?"

男人一巴掌打在她的脸上,吼道:"婊子,想吓唬大爷?!"

晓丽挣扎着,撕咬着,但是,最终没有逃脱他的魔爪!

在撕心裂肺的过程中,晓丽感到了奇耻大辱。那麻木已久的耻辱感像潮水一样向她袭来,她像狼一样嗷嗷哭,正在动着的男人闻到哭声,害怕了,从她身上滚了下来,提起衣裤,落荒而逃……

衣衫不整的晓丽走进了河滨派出所。不久后,开饭馆的男人,强暴过她的男人以及被她敲诈勒索过的男人全被抓了起来。晓丽也因涉嫌勒索被刑拘。但她感到有一种复仇后的快感,有一种解脱后的轻松。

派出所对闻风而来的记者说,这是本年度破获的最离奇的一宗案件。

传播渠道

上班时,办公室的老辛对小国说:"跟你说个事,大田庄一位姓朱的老大爷,养了一头阉过的母猪,想不到,母猪竟生了两只小猪仔,更出奇的是,那两只小猪仔公不公,母不母,是阴阳猪。"

下班回到家里,小国在吃饭时对老婆小杏说:"大田庄发生了一件重大的事,阉过的母猪竟生下了两只阴阳猪,去看的人竟排起了长队,姓朱的大爷光收门票,一天就有一万元进账。"

小杏在一家商场当售货员。第二日一上班,她就跟站在同一柜台的小荷说:"大田庄出了一件惊天大事,阉了十年的老母猪生了一窝两只,不对应该是四只阴阳猪,去看稀奇的人每天有上万人,那养猪的人光门票收入一天就有几万元。"

小荷中午时出去跟朋友小丛吃饭。小荷迫不及待地告诉了小丛那条"号外"新闻。

第三天,小丛跟她的弟弟小龙说了那条惊人的新闻。下午,小龙去开会时把"号外"告诉了他的同学小和。

小和是市《阿猫日报》的通讯员。小和听了这条"号外"后,觉得这事有趣,就连夜写了一条新闻,亲自送到报社。

新闻部编辑小秋一看,觉得可用,就问小和:"稿子是你采写的吗?内容有没有核实?"

小和说:"我是没有去过,但我的同学小龙去过。"小秋放心了,就把稿子发了。

第五日,《阿猫日报》刊发了这样一则简讯:我市风光镇大田庄近日发生了一件有趣的事,一位姓朱的老大爷养了一头十年的老母猪,今年春,老人认为这头母猪不能再生猪仔了,就将母猪给阉了。没想到,这头母猪近日竟生了一窝小猪仔,共有 8 头,更离奇的是这些小猪仔全部是阴阳的。此事引起了人们的兴趣,周围的人纷纷涌去观看,最多时达到每日三万多人次。到目前为止,已有 10 万人去观看过。另据了解,有外国专家也将赶赴大田庄,对这一奇事进行研究。

第五日中午,《阿猫日报》总编辑老游看了简讯,马上指示:这稿子有新闻价值,派记者做纵深报道。

第六天早上,新闻部主任老杨和记者小区赶赴大田庄。大田庄只有一户姓朱的人家,他们很快就找到了朱大爷家。

"胡扯!"听了记者的来意,朱大爷哭笑不得地说,"这是谁嚼的舌头,我家从来没有养过猪!"

老杨和小区灰溜溜地回到报社,如实向老游做了汇报。老游又惊又怒:"这篇报道严重失实,要追查是怎么回事!"

老杨去找小秋。小秋去找小和。小和去找小龙……小国去找老辛:"你的消息是从哪里听来的?"

老辛这时也有些慌,就跑去大田庄找消息的始作俑者小田。老辛和小田是在一起喝酒时聊起这事的。小田见到老辛,一脸苦笑地说:"你那天一定喝多了。我说的是老胡家的事,你却说是老朱家的事。老胡家养了一头老母猪,有十年了,想阉了,但还没有阉,就在犹豫时,母猪生了五只猪仔,其中,有一只是灰色的,一只是黑白色的,从颜色看,公不公,母不母的……"

老辛有些无奈地说:"那天可能是喝多了,我没听清楚。"

吓死人了

县文化馆编剧宋中平日嗜酒,且又是海量。

清明节这天,宋中感到肝部疼痛,初时是阵痛,然后变成绞痛。联想到嗜酒的爱好,宋中的脑子里闪现出可怕的字眼:肝癌!

宋中到县人民医院急诊。打了针,止了痛,但肝癌的阴影却无法从脑中抹去。被悲哀和愁绪折磨着的宋中来到肿瘤科做CT。

结果出来了,证实了他的猜测:肝癌二期。医生安慰他:"虽然癌症目前仍是绝症,但只要不放弃,坚持治疗,仍有治愈的希望。"

他没有相信医生的话。因为,在他15岁那年,他的舅父患上了癌症。虽事隔多年,但舅父被病魔折磨的惨叫声,是多么的令人心悸和害怕。舅父最终无法忍受病痛而用床单勒住脖子结束了自己的生命。

生命有时竟会变得这样脆弱!宋中回到家里,闭门反思自己40岁的人生历程:写过三部不很成功的剧本,演过两场没有多大反响的戏,交了几个不算太知心的朋友,结识了两位不算很有缘分的女孩子,最终没有结婚,更没有儿女。

宋中在反思的时候,肝部又一阵绞痛。他想,自己是不会等到被病折磨至死的。宋中向单位请了长病假,他没有去医院治疗,而是待在家里写了三封遗书:一封给父母,一封给单位,一封给县医院,他死后,愿意将身上所有有用的器官无偿献给需要的人。

宋中给医院的遗书最先寄出。医院收到信后给他打了电话，先是安慰他不要放弃治疗。接着，又告诉他如果不幸去世，要以最快速度告知医院，以便将有用器官进行移植。两个月后的一天早上，宋中服食了超剂量的安眠药。在昏迷前，他给医院打电话，让对方一小时后赶来。

医院的车子来到后，宋中已停止了呼吸。把他的尸体运到医院后，医生马上将他的一个肾脏移植给一位50多岁的农村老大妈。医生在进行器官移植时，却发现宋中的肝脏并没有病变，长了瘤，但是属良性，初步断定是CT出错。

宋中是被癌症吓死的！

医院认为这是一起医疗事故，但又不适宜公开，就作内部处理，将那位做CT的伍医生调离岗位，去药房检药。

而那位接受器官移植的老大妈就是伍医生的母亲。单位一些与伍医生相处得不是很好的人就说了这可能是伍医生故意制造的"事故"。

那是仪器出错了！伍医生在心中一万次替自己辩护，但他却没有一次说得出口，这时候说什么都没有人相信了！伍医生在夜里常独自酗酒，但内心的压抑却无法解脱，夜里，他常被噩梦惊醒。

有一天，人们发现伍医生失踪了。有人说他去了一个无人知道的地方。也有人说，他到一个原始森林里自杀了。也有人说，他到一个寺庙里出家了。

鞋匠刘驼子

我们日月贸易公司大门外,有两棵老槐树,枝繁叶茂,像一把撑开的巨伞。"伞"下有一个修鞋摊,修鞋的是一个年过四旬的半老头,他身材瘦小,背有些驼,人称刘驼子。

"我最佩服和尊敬的人就是刘驼子刘师傅!"我们公司总经理郑先生一次这样说,两次这样说。如果,某些员工犯了较严重的错误,挨了批评时,郑先生总会这样说:"学学修鞋的刘师傅吧!"

我不明白,刘驼子的哪些地方值得郑先生钦佩的。有一次,我专门去总经理办公室问个明白。

郑先生笑了笑,竟意味深长地说:"你自己去问刘师傅吧!"

我挑了一个休息日,专程去向刘驼子请教。我来到鞋摊时,有个女孩正坐在鞋摊的小椅子上,刘驼子正在给她擦鞋。

女孩约二十岁左右,描眉画眼影,嘴唇涂得猩红。更惹眼的是她穿一袭超短裙,丰满的胸脯和雪白的大腿一览无遗。她身上那种野性之美,摄人心魂。我敢肯定像我这种二十来岁血气方刚的男人见了这种美女没有不心猿意马的。

但是,近在咫尺的刘驼子没有看到女孩的美,因为,他不看她的脸和她惹火的性感身材,他只看她的鞋子!他在一丝不苟地忙活着:去尘,上油,抹擦。他有一种笃定,就是不属于自己的则决不理睬!

难道这就是郑先生所推崇的地方？我想是，也可能不全是。女孩走后，我过去跟他搭话。他想了半天，说："哪个郑先生？我记不起来了。"

这个谜在我心里藏了半年，直到入冬后的一个晚上，郑先生和我们几个员工多喝了几杯后，他才不由自主地说了自己的内心感受。

"在这个充满欲望的时代，人有时很难管得住自己！"郑先生很伤感地说，"年前，公司招聘了一位大学生，文质彬彬，推荐表上写着德才兼备，在校时还担任过团委副书记，我对他很满意，试用期满，就委以重任，把公司的采购任务全权交给他。他接任后，第一次去珠海采购，中途上了两趟收费厕所，他和司机共交了 2元钱，他向守厕所的要发票，但没要到。于是，在吃饭的发票上，他让餐厅给开上了。这是后来司机告诉我的。大学生说，他一踏进社会就给自己写下了一句座右铭：吃亏的事，打死也不干！第二次，他去买办公设备，3000 元的货款，他让商场给开成了 3800元。这是开票的人告诉我的，因为，开票的人是我的表妹！大学生很快被炒掉，但我的心也伤透了。"

郑先生又喝了一杯酒，接着说："相反，那个刘师傅就是让我敬佩。一次，我出差前将一双鞋子拿给他修。那是我父亲的一双旧鞋子，搁了一段时间，想再穿，但鞋底破了，非修不可。一个星期后，我去取鞋，刘师傅将 2000 元交给我，说是从鞋子里面取出来的。这场面让我感到不可思议。原来，那钱是别人给我父亲的压岁钱，老人认为放在旧鞋里安全。"

"刘师傅不贪，刘师傅不见钱眼开，这很难得呵！"郑先生拍着我们几个人的肩膀说，"学学刘师傅吧，现在能像他这样笃定处世的人不多了！"

暂缓公布

B市科研所投资了1000万美金用于"防止与净化工业废水、废气污染"项目。该项目课题组组长老宋带领10位青年科技人员，废寝忘食、夜以继日地投入攻关战之中。经过8年的艰辛努力，该项目于近日研究成功了！

全所上下一片欢腾。报社、电台、电视台纷纷报道这一令人振奋的消息。所里、市科委也决定重奖这一项目的全体科研人员，尤其是老宋。

颁奖大会正在紧锣密鼓地筹备时，老宋却死了！老宋死得很突然，从发病到去世只有两天时间，死亡报告写着突发性心肌梗死。老宋享年仅42岁，属英年早逝！全所上下顿时陷入一片悲痛之中。年过半百的老所长呜咽着说："老宋工作一向是兢兢业业，是一个难得的科研人员。多好的一个同志，怎么说走就走了！"看着老所长那半头白发及悲痛难过的样子，人们的心头徒增了几分白发人送黑发人的悲怆！

为方便人们来吊唁，老所长指示，把老宋的灵堂破例设在会议室里。灵堂上方挂着老宋放大了的遗像，两边摆满了人们送来的花圈和挽联，显得异常的肃穆。

老所长臂戴黑纱，亲自主持追悼会。前来吊唁的人纷纷发言，缅怀老宋短暂而又光辉的一生。同老宋一起攻克该项目的科研员小马说："老宋每天第一个来到实验室、最后一个离开。对工作这么认真负责的他是我目前所见到极少的一个人。在某种意义上说,老宋把自己一生的精力都献给了科研……"

市扶贫办的吴主任说:"老宋不但是一个优秀的科研人员,而且是一个极富爱心的好同志。在最近的几年里,他先后资助过5名失学儿童,让他们重返校园。"

研究所党组龙副书记说:"老宋作为一位党员,处处以身作则,积极参加组织生活,关心支持研究所党组的建设。他的突然逝世,对所党组是一个重大的损失!"

追悼会接近尾声时,老所长手持一份公文,又悲痛又激动地说:"同志们,根据老宋同志生前所作的突出贡献,市科委与科委党委决定授予……"

老所长话音未落,灵堂内突然闯进来一大一小两位不速之客。大的是一位年约30岁的女人,小的是一位四五岁的小孩。女人给老宋的灵位上了几炷香,然后拉着小孩对着遗像磕了三个响头。两人站起身,一言不发,飘然而去!

半晌,人们才回过神来。忙问老宋的家属,这一大一小是谁?问了半天,竟然都说不认识。只有一点人们很清楚:那小孩长得酷似老宋!人们的心头即时升起了一股疑云:这女人、小孩或许与老宋存在着一种联系?

追悼会即时从高潮跌入了低谷。科委主任一拉老所长的衣袖:授予老宋优秀科研工作者、优秀党员称号及号召全市科技工作者向老宋学习的决定暂缓公布。待调查了那女人的身份后再说。

所里便委托公安局协助调查,半个月后,公安局便送来一份令人震惊的调查报告:大约在5年前,老宋与那女人意外相遇而一见钟情,发生了婚外恋并生下了那个小孩,那女人就带着小孩一直这样过……

科委主任看了报告后批示:老宋的事迹作低调处理,不再做宣传!

不过,有几个人很快就释然了:"这年头,看不懂的事多着呢!"

很快,老宋的婚外情就成了 B 市人们茶余饭后的谈资。他在 B 市人们的心中的地位也发生了 180°的转变,人们把他当成婚外恋的一个典型,至于他是一个杰出的科研人员则被人们忽略了。

老所长很难过,一再感叹:"真可惜,多好的一位同志就被这么一个不和谐的插曲轻易就否定了。"

非常意外

2014 年 3 月,《非常迷人》杂志的某一页正文下面的空白处 "非常寻呼"栏目刊出了一段文字:林爱纹,你现在在哪里? 你知道我在找你吗? 自三年前分别后,我无时无刻不在想你,想起和你在一起的美好时光,想你给我的爱,想你的柔情,此生,非你不娶。见信,请联系我。我的手机号码是 138××××××××。落款为小柏。

读者小柏怎么也想不到,刊发这份非常寻呼时,林爱纹已成了别人的新娘。

《非常迷人》杂志的主编老张做梦也想不到,这则一百字以内的读者自由来信竟然是一纸催命符。

2014 年 4 月的某一天,读者牛刚在很随意的状态下读到了小柏的"非常寻呼"。牛刚气得暴跳如雷。牛刚骂骂咧咧地冲出办公室,找到经常去买杂志的几家书报摊,花 190 元将尚没卖出的《非常迷人》杂志全部买下,然后找个垃圾桶全扔了下去。

余怒未消的牛刚带着唯一的一本杂志回到家里对妻子林爱纹进行兴师问罪。牛刚怒气冲冲地问:"你跟这个小柏是什么关系?"

飞速阅读完"非常寻呼",林爱纹面无表情地否认说:"没什么关系!"

哼!牛刚将杂志拿起来,狠狠地丢在桌上说:"没关系?没关系,小柏会写出这样的信来?"

在牛刚非常粗暴的质问下,林爱纹招架不住,承认曾经跟小柏恋爱过,但后来因性格不合,她主动提出了分手。同时她还补充,在恋爱过程中,双方仅限于拥抱,没有越过雷池半步。

"狡辩!"牛刚恶狠狠地说,"你不说实话,你会后悔的!"

平静的家被一则"非常寻呼"搞得没有宁日。牛刚反反复复说林爱纹与小柏有非常关系,林爱纹则说与小柏没有见不得人的关系。

2014 年 5 月的某一天,牛刚按杂志上的手机号联系小柏,但是电话没有打通。牛刚逼林爱纹给小柏打电话,电话那头却是关机,这加深了牛刚对林爱纹的怀疑。他猜测林爱纹已在暗中跟小柏定了攻守同盟。

2014 年 6 月的某一天,牛刚的单位有人在《非常迷人》杂志上读到了那则"非常寻呼",并暗中讨论此事。有两个跟牛刚不和的人故意气他:"牛兄,你家林爱纹上了杂志成了名人啦!"

牛刚的心情糟糕到了极点。下班后,他先到一家酒店把自己灌得双脸酡红,然后回家。乘着酒气,他一把扯着林爱纹的头发恶狠狠地说:"你跟那个小柏一定有见不得人的关系。"

林爱纹冷笑了两声说,既然你一定要我承认跟他有关系,那我就承认是有关系,谈恋爱那阵,我跟他天天睡觉,你满意了吧?

"你这样的人,怎么不去死?"牛刚吼道。

林爱纹冷笑两声说:"变态!"

2014 年 7 月的某一天,牛刚很晚才回到家。回家时,牛刚的身上飘着酒气和女人身上的气息。林爱纹明白他在做什么,但她装作什么也不知道。一直等林爱纹发问的牛刚忍不住了,主动告诉她,下班后他就到发廊和夜总会同三陪女鬼混,说完他脸上带着报复的可怕的笑容。

2014 年 8 月的某一天,牛刚在发廊同三陪女鬼混后回到家里,发现地板上有血。他大惊失色,冲向卧室,林爱纹已自杀身亡。

料理完后事的同时,林爱纹的家人拿着遗书找到牛刚的单位告状。单位领导以牛刚嫖娼为由将他除名。

下岗后的牛刚,没有去找工作,他拿着那本杂志,反反复复联系小柏,但是小柏的手机一直打不通。

气急败坏的牛刚拿出一支红笔,在主编老张的名字上打了三个×××。

2014 年 9 月的某一天,牛刚来到《非常迷人》杂志社,说有急事找主编。工作人员将他带到老张的办公室,老张像往常一样很热情地说:"有什么事坐下说!"

牛刚却从身上抽出一把尖刀,朝老张的心脏部位直刺过去。

老张像影视剧中的演员一样说了一句重复了无数次的台词:"你……"就倒了下去。

2014 年 12 月的某一天,牛刚被法院以故意杀人罪押赴刑场执行枪决。

2015 年 1 月的某一天，一向视《非常迷人》杂志为死敌的《非常好看》杂志收到了一篇特写稿，题目是《一则非常寻呼，引出三宗命案》，编辑说，这是一篇可读性非常强的卖点稿。但是，送终审时，主编一反常态，说此稿暂时不发。

2015 年 3 月的某一天，一些知情者带着非常愤怒的心情通过电话或信件等方式寻找小柏。他们认为在这三起悲剧中，小柏不听电话是导致事态恶性发展的直接原因。经过种种努力，小柏被找到了。小柏说不是他不想听电话，而是他到深山的一个石场打工一年多了，那个地方没有信号。

珍　惜

老阳在 40 岁的时候被任命为电台台长。但是，老阳上任不到 10 天，就被免去了台长的职务。

老阳是个正直而又很倔的男人。他从 20 岁起就进电台当新闻记者了。熟悉业务后，老阳将全部精力放在维权报道上。工伤事故得不到赔偿；买了伪劣产品，投诉无门；卫生死角，反映没人理，凡此种种，市民只要把电话打到新闻部，老阳得到线报后，立马出发，竭尽全力，力使每一宗投诉都能得到圆满解决。老阳的血性和正义得到了市民的拥戴和赞扬。但是，维权报道的另一面就是得罪人的事。一些有背景的单位在非正式的场合不断地向台里的领导打小报告。

台领导听多了就烦，就专门找老阳谈话，要他注意点。

老阳很倔地反问："注意什么？"

是啊，老阳又没做错事，让他注意什么？领导被问住了，心里也恼火，没好气地说："该注意什么，就注意什么！"领导曾想找个理由将他开了，但是，老阳确实没做错什么，把他开了，会冷了人心。

老阳虽然没做错什么，但业务能力很强的他却一直得不到提拔。有贴心的朋友为他鸣不平，老阳却不当一回事："没啥，只要做成想做的事，提不提拔又有什么关系。"

老阳做了 20 年的新闻记者，领导换了 6 任后，他最终成了台长。老阳上任的第一天，就推出了一个专题策划，这个策划涉及一个比较敏感的话题："情人现象"大讨论。

节目播出前，副台长提醒老阳，最近传闻副市长老孟和一位做医生的情人有纠纷，此时播出这档节目会惹来麻烦。

老阳没有采纳副手的意见，下令照常播出。结果节目播出的第二天，副市长老孟果然气得暴跳如雷。老孟的秘书先给主管电台的市委宣传部长老贺打电话，要老阳立即停止这档节目，同时要老阳到老孟的办公室做检讨。

老阳很倔地说："我做错了什么？我为什么要做检讨？"

"不管你有没有错，领导说你有错，你就有错！"老贺在电话那头骂开了，"你必须无条件去做检讨！"

老阳说："没有错，我不会做检讨的！"

老贺很生气地说："你不想干了，是吗？我警告你，现在给你机会，你不珍惜，是吗？"

"撤我的职，我也不去做检讨！"老阳很坚决地说，"分清对错，明辨是非，这是我做人的底线，不管什么时候，不管是因为金钱，美女，还是职位，我都不会超越这条底线！"

"你……"老贺被气得张口结舌。

老阳在被任命为台长的第七天被撤去台长职务。随后,他被调到一个农场做一名普通的员工。在很长的一段时间里,老阳成了人们谈论的话题。在机关单位工作的人提起老阳都深感惋惜:"老阳不珍惜机会,只会认死理,到头来吃亏的是他自己。"

老阳在农场里干很苦的农活。每天天一亮就下地给果树除草施肥。中午草草吃些粗粮,又接着下地。夜里,农场没有电视,老阳总坐在灯下看他喜欢看的书。有时也动笔写些文章,日子过得清苦,但老阳没吭一声。

老阳原有一帮要好的朋友,自他"出事"后,便断了来往。倒是一些曾得到他帮助而却素未谋面的人常带着一些吃的用的来看他。

老阳在农场干了5年,就在人们差不多将他遗忘的时候,市委领导班子作了较大的调整,副市长老孟因情人问题被撤去职务。市委宣传部长老贺升任市委副书记,他力排众议,提出让老阳出任市纪委副书记。

他说:"像老阳这样珍惜自己,坚持做人底线的人一定能干好纪检工作。"

怀念房东老常

城南旧区某住宅区303房是一套旧房子。房子不大,只有40平方米。房子的主人叫老常。老常是一位年过三十的成熟男人,在文化馆任编剧。经过多年的修炼，老常显得很有涵养，举手投足颇具文人风范。

2015 年 9 月的某一天，老常在城南新区某住宅区购买了一套新房子，303 房暂时被闲置。老常的妻子小玉在商场做销售员，跟钱打交道的日子一久，她对钱产生了无比的热爱。她几乎是用严厉的口吻对老常说："让老房子给咱们挣些钱吧。"

2015 年 12 月的某一天，老常成了房东。这一天天气很冷，寒风呼呼，房屋租赁公司的业务员带着房客小苏去看老常的房子。小苏是一个二十岁刚出头的女孩子，穿着牛仔裤和运动衣，身上洋溢着青春的活力。

老常从看到小苏的第一眼起，心中就生出了一种本能的怜爱。阅人无数的老常以一个成熟男人的眼光断定，小苏是一位心地善良对生活充满美好憧憬的好姑娘。

小苏的感觉一如老常，她觉得这个男人很可亲。进房后，小苏把手放在嘴唇边哈哈热气，笑吟吟地对老常说："房东，你这房子我租定了，不过，价钱可不能太贵，我挣的钱不是很多。"

老常笑了笑，对小苏说："看得出，你是一个好姑娘，房子租给你，我心里踏实！"

老常报了一个价，小苏愉快地接受了。双方在一份拟定的合同上签了字，租期为一年。

老常成了房东后常有一种牵挂，他感叹小苏年纪轻轻就到异乡谋生实在不易。他经常有给小苏打电话的冲动，想在电话里嘱咐她要注意安全。但是，他又担心小苏，尤其是妻子知道后会误解他的意思，以为他另有所图。其实。他这样做纯粹是出于一种男人对女人天生的呵护。

老常在收房租时，反复对小苏说该注意的事项。

小苏总是微笑地看着他，那听话的模样就像小妹妹在听大哥哥的叮咛。

老常觉得每个月到旧房子去收房租是一件美好的事。他认为与其说是去收房租，倒不如说是去同一个可爱的女孩子聊天。收房租那几天，老常感到心情格外的愉快。

2016年4月的某一天，老常照例要去303房收房租。小玉突然说："我也去！"

老常本能般地反对说："你不要去！"他心中有一种担忧，他觉得小玉和他一起去见小苏会将一种很和谐的画面破坏掉。

老常的拒绝令小玉提高了警惕："我的房子，我为什么不能去？"

老常无言以对，只能用摩托车搭着小玉到旧房子去。在路上，老常想过找个理由把老婆甩掉，或找个理由不去了，但是，他觉得这样做不磊落，故否定了这些想法。

见到老常夫妇一起到来，小苏很热情得体地招呼他们，小玉却不领情，一副气鼓鼓的样子，并不时用眼睛瞪老常。

回家的路上，小玉用挑衅的口吻对老常说："你真有本事，找了一个这么水灵的房客。"老常只顾开车，没有理她。

2016年5月的某一天，老常像往常一样去收房租，打开门的却是一位年过五旬的老伯。原来，小玉以赔偿一个月房租为条件单方面撕毁合同，随即将房子租给这位大伯。

老常回到家里想跟小玉大吵一场，但他忍住了，像什么事也没有发生一样将房租交给小玉。小玉也像什么事都没有发生一样，将房租放在抽屉的一个旧月饼盒里。

老常在往后的日子里，不由得想起小苏，心里总有一种无法言说的痛，觉得很对不起小苏。他曾以小玉作题材，写了一部三幕话剧,但没有通过终审。

2017 年 3 月的某一天,老常在一本打工杂志上看到这样一段文字:"在漂泊的日子,我遇到过无数的男人,最令我感动的是一个叫老常的男人,他用无言的关爱使我体味到了温情和善爱,他是我遇到的最好的男人,他实际上是我的房东……"这篇文章的题目就叫《怀念房东老常》,作者署名苏媚。

无　助

三炮从乡下来到城里,很长一段时间都找不到活干,他比热锅上的蚂蚁还急。就在他将被城市一脚踹出去的时候,开修单车铺的老乡四旺替他出主意:到工业区卖早点,那里民工多。

三炮在乡下曾开过小饮食店,对蒸包子发馒头有一套。第一日,三炮发了两斤面粉,蒸了两笼肉包,全卖出去了,挣了 10 元钱。第二日,发了三斤面粉,三炮挣了 15 元 8 角。

三炮靠卖早点在城里站稳了脚跟。三炮将老婆菜花和儿子细烧接进了城里。老婆为他打下手,儿子在城里小学就读。

三炮这几个动作唬得乡下的亲戚与村里人睁圆了眼睛:三炮就是三炮,进城没多久,就将老婆孩子接进城里享福了。

村里人羡慕三炮,三炮却无法得意,他的内心其实很虚。三炮搞的是无牌无证照的飞机档,是典型的"三无"行业,有好几次,在工业区卖早点时,他被"大盖帽"撵得像昏了头的兔子一样逃跑。三炮觉得自己很无助,城市还是能一脚将他踹出去。

三炮回村里接老婆孩子时,他的心虚被他父亲老炮洞察了。"在城里混,得有人护着!"老炮曾在城里待过一段时间,熟悉城市生存游戏。老炮叫儿子一安顿下来就去找大权,买些东西,登门拜访,活络一下感情。

大权是三炮的一个远房表哥。七八年前,大权就进城闯荡了。他先是跑到一家汽水厂做搬运工,混了一段时间后,去学开车,再后来成了文化局一位领导的司机。几年前,大权回了一趟乡下,是开着领导的车回去的。衣着光鲜的大权给村里人的感觉是很吃得开,很有能耐。

三炮认为父亲的说法很有道理。返城后,他抽了一个晚上,带着老婆儿子去了大权家。三炮买了100多元水果,还买了一条"三五"烟,一瓶"剑南春"酒,一共花掉了将近400元。菜花见这样花费比割她身上的肉还心痛。她说只买水果,不买其他东西。三炮也心痛,但他还是很凶地骂菜花没见过世面,不买多些东西,送了礼也等于没送。

菜花嘟哝了一句:"那是花你自己的钱。你一天顶多挣个三五十元,还累得像牛一样!"

大权已结婚,生了一个女儿,住着两房两厅的居室,装修得不错。大权对三炮一家来访不冷不热。闲聊了一会儿,局长来电说要用车。

大权对三炮说:"以后有空常来!"临别时,大权将家里和单位的电话号码写给三炮,又说了一句有什么事需要帮忙的,打声招呼。

三炮心里被说得热乎乎的。他觉得大权为人不错。觉得很无助的三炮自重新结识大权后,心里踏实多了。好几次,他摆摊被"大盖帽"撵的时候,他就想:万一被逮住了,就找大权出面疏通。大权成了三炮的精神支柱。

春节时,三炮没有回乡下,他合计了一下,一家三口坐长途客车来回一趟光车费就需花 1800 元。

三炮的父亲老炮托人捎来一包鱼干,说是给细烧解解馋。那鱼干是用水库的鲮鱼做的,通体金黄,香气扑鼻而来,细烧如饿猫一样,口水直流,抢过一条张口就想吃。

"放回去!"三炮一巴掌打开细烧的手,"这鱼干不能自己吃,这鱼干要送给你大权叔!"

菜花有些不满地说:"爸说是给细烧吃的!"

细烧感到委屈,伤心地哭了起来。

"嚎什么?"三炮有些火了,骂道,"东西都自己吃了,碰到麻烦事,谁帮你?"

三炮提着那包鱼干去了大权家。到半途时,他又想大过年的,只提一包鱼干去不像样,就拐到商场买了一瓶"五粮液"和一瓶红酒,花掉了近 400 元。

春节过后不久,菜花的一个表妹来到城里,想找一份工作。菜花带表妹在城里转了几个圈,工作的事连个影儿也没有。

菜花很疲惫,表妹很沮丧,菜花说:"这事需大权哥出面。"

"不行!"三炮说,"这样的小事不能去找他。芝麻大的事也去找他,搞到他烦,真有什么事再找他,他就不会尽心尽力帮你了!"

三炮用单车载着菜花的表妹去找四旺。四旺说有家服装厂说要招人,他去联系一下。四旺又说,去年大权的一个表妹来找他帮忙找工作。

三炮闻言头嗡了一下,很着急地说:"大权哥很有门路,怎会找你帮忙?"

四旺说:"他有没有门路我不知道,反正,他表妹最终是由我介绍进一家电子厂的。"

三炮载着表妹返回住地,一路上,他精神恍惚。走到半途,三炮被两名警察拦住了,是查自行车证照的。三炮骑的自行车是从旧货市场买的,只有发票,没有执照。警察说发票不顶用,先扣车。若查出车是失窃的,再追究三炮的责任。警察还抄下了三炮的身份证号码。

三炮觉得这事处理不好麻烦就大了。三炮认为此事非大权出面疏通不可。三炮急急地来到公用电话亭里给大权的单位打电话。

"找大权?"接电话的人态度很粗暴地说,"他一星期前下岗了!"

三炮呆若木鸡。他有一种想哭却又哭不出来的难受。内心的不安与无助像巨浪一样向他猛扑过来……

第一辑

二

无花蔷薇

"孝心"

端午节前一天,天良县县长老熊派司机到市郊的人人养老院把一位 70 岁的老太太接回家中,说孝敬老人是我们中华民族的优良传统,作为领导干部要带头起表率作用。

老太太身子瘦弱,走路颤颤巍巍的,门牙差不多掉光了,吃饭吃得又慢又费劲。自她进门的那一刻起,老熊的夫人老穆就没给过好脸色,老穆对老人特反感。老熊的母亲熊老太太已年过七旬,一直住在乡下。熊老太太有四个儿子,老熊是老大,其他三个儿子都在乡下种田。老熊偶尔寄回三四百元作为老人的生活费用。他的三个弟弟认为老熊做了县长要啥有啥,养位老人应该没任何问题,于是,三个弟弟一合计,把老人送进了城里。

熊老太太年纪大了,做事慢,耳朵又背,而且乡下口音重,跟她说话要费很大的力气,尤其是一顿饭要吃很久。自她进门后,老穆就觉得把一沉重的包袱搬进了家里,心里一百个不乐意。老人只住了几个月,但老穆觉得像住了十几个年头一样。她反反复复地说,弟弟们没经她同意就把母亲送进城里是不对的,他们这样做是在推卸责任,是严重的依赖心理在作祟。说了一次又一次,老熊烦了,就派司机把母亲送回乡下。

现在,老熊没事找事把一个老人带回家中侍候,老穆既不解又烦躁,她质问老熊:"是不是发烧吃错药了?"

"你头发长见识短,懂啥?"老熊没生气,而是意味深长地说,

"过一两天你就会知道。"老熊说完还给秘书打了个电话,通知新闻媒体前来报道。当地的媒体接到通知后连夜上门,第二天县报和县电视台刊发和播出了老熊为老太太洗脚的照片。

随即,县里有关部门的头头脑脑纷纷登门来看望老太太,来时提来大袋补品之类的礼物,走时还留下红包,交给老穆,说是给老人买些吃的用的。几日之间,老穆就收到人参、鹿茸、十全大补等各类礼品 500 盒,礼金 10 万元。热闹一过,老熊派司机把老太太送回养老院,走时给了老人 100 元钱和一盒补品。老穆对老熊佩服得五体投地:"你这办法真绝!"

县长接老人回家小住一时成为人们谈论的热门话题。明白其真正用意的其他头头脑脑肠子都悔青了:"这么妙的办法,咱咋就没想到呢?"

转眼几个月过去了,重阳节将至。重阳节乃是敬老节。节前的一天,老熊把司机叫来面授机宜,接一位年纪大一些的回来,当然,前提是不要有这病那病的。

司机跑了一趟,回来时却只有他一个人。司机无奈地说:"去晚了,老人都被副县长局长等县领导抢先接回家了!"

"真可恶!"老熊暗骂了一句,"见有好处都来抢!"老熊暗骂完后想到一个办法,要尽快出台《关于把敬老院老人接回家尽孝心的有关规定》。按其设想,今后,担任县委书记县长职务的,一年之内可以五次把老人接回家小住,时间可长达 10 天,副县长职务的,一年之内可以三次把老人接回家住五天,各局办一把手一年之内只准把老人接回家住一天,一般干部不准接老人回家住。

老熊正在为他的想法感到得意时,正在看电视的老穆大叫他快来,老熊从书房赶出来,在电视上看到了可怕的一幕:画面上,副县长老金正在为一位年过七旬的老太太洗脚,那老太太正是老熊的母亲熊老太太。

老熊像疯了一样大叫："这是为什么?"

原来,熊老太太被司机送回乡下后,其他三个儿子心里充满了怨气,说大哥做了县长竟如此对待母亲,他不理,他们也不理,于是,他们三个对熊老太太也撒手不管。熊老太太每天饥一顿饱一顿,她感到心里无比悲哀。熊老太太早年丧夫,她自己含辛茹苦地把四个儿子养大成人。她暗想大儿子有了出息做了县长,自己的晚年生活一定会过得很幸福。可哪会想到,四个儿子互相推卸责任,令她晚年生活过得凄凉。一气之下,老人背了一副碗筷到邻村乞讨去了。

县长的母亲去行乞的事惊动了乡里的头头脑脑,他们想这事传出去,对县里和乡里都会产生很坏的影响,于是乡长拍板从有限的经费中拿出几千元把老人送进了敬老院先安顿下来。

熊老太太上了电视成了县里的"名人"。有对县长不满的打匿名电话告到市纪委。纪委深查,查出了老熊虐待母亲以及利用老人变相受贿的事实,随即,他被撤去了县长职务。纪委在通报此事的同时还出台了一个《关于天良县不准利用养老院老人进行变相受贿的有关条例》。

不准打瞌睡

牛尾县分管农业的牛副县长喜欢开会。他认为坐在会议室的主席台上,拿腔捏调地发言,当领导的那种特有的感觉就找到了。

上头一再强调要开短会，牛副县长却不当一回事：短会，能开出效果？故凡是由他主持或参加的会议一开至少半天。

这一日，牛副县长到牛尾乡召开全县不准随便上山砍柴与大小便大会。参加会议的是分管农业的副镇长、副乡长。主持人刚宣布会议开始，牛副县长就迫不及待地夺过了话筒，开始了长篇大论："同志们啊，今天开这个会很重要，啊！上山砍柴这个问题是个大问题，这个问题关系到保护森林的问题，啊！这个问题呢，一定要高度重视，这个问题……大小便的问题，啊，关系到讲文明的问题，女同志在山上大小便容易引起暴力事件，这个问题……啊……以上这是开场白。今天上午啊，我想说二十个建议。第一个问题有五个小点，第一小点有十个小部分……"

牛副县长在台上津津有味地进入正题时，台下有几位领导早已打起了瞌睡，牛尾乡马副乡长还打起了呼噜。

呼噜越打越响，终于引起了马副县长的注意。他勃然大怒，气急败坏地猛拍桌子："开这么重要的会议，竟然有人打瞌睡！领导的责任感哪去了，啊！共产党员的原则哪去了？啊！"

马副乡长有些委屈，他小声地辩解："这不能怪我不听您的讲话，实在是情不自禁呀！你的讲话实在是太具有催眠效果了！"

哼！牛副县长听到了马副乡长的话，却装作什么都没有听到，他重重地又拍了一下桌子，一脸严肃地说："我宣布，今后凡开会，都不准打瞌睡，否则，我撤他职！"

下面那几位正打着瞌睡的副镇长、副乡长闻言连忙伸手猛掐自己的大腿或胳膊，将瞌睡赶跑。会议结束后，马副乡长回家脱了衣服，他老伴吓得大呼大叫，原来马副乡长的左大腿和右胳膊已被他自己掐得青一块紫一块。马副乡长委屈地说："掐成这个样子，还是差一点儿睡着！"

接下来，凡是有牛副县长要讲话的会议，马副乡长均早早地作准备：先请假回家睡觉，睡足了才有精神开会。有人认为牛副县长讲话的催眠威力太大了，在开会前还猛喝咖啡和浓茶，有的还带上风油精。马副乡长甚至在衣袖别了一枚大头针，万一又瞌睡了，就猛扎自己一针。

又一天，牛副县长来到牛尾乡召开全县关于猫和狗打预防针动员大会。会议进行到一半，最后一排有一个人睡着了，并且打起了呼噜。牛副县长勃然大怒，他从主席台走下来，来到那个打瞌睡者面前。旁边的那几个领导在牛副县长走到之前早已将他弄醒。

"哪个乡的？"牛副县长威严地问。

"牛尾乡的！"那打瞌睡的人说。

哼！牛副县长气急败坏地说："我撤你的职！"

"牛县长，你别生气！我不是领导，我是个平头老百姓！"原来，他是牛尾乡的农民，最近患上失眠症，吃了不少药，效果都不理想，偶然听说牛副县长讲话的催眠效果好，就混进会场一试，果然效果奇好。

牛副县长大骂了一句"胡闹！"并且宣布："今后开会，闲杂人员不准进场！"

又一天，牛副县长到牛尾乡召开全县关于死老鼠不准到处乱扔大会。牛副县长照例作了三个小时的讲话。他越讲越兴奋，因为，他发现有个记者模样的年轻人拿着一个小录音机从头到尾在认真录着。会议结束后，牛副县长让秘书去找那个记者，看是哪个新闻单位的，中午一起到山珍海味酒家吃午饭。

秘书忙活了一阵，垂头丧气地回来告诉牛副县长："那个年轻人叫牛二，不是记者，是本乡的。最近，他爷爷晚上老睡不着觉，听说牛副县长讲话有催眠效果，就借了一个录音机到会场录音，爷爷晚上再睡不着就放来听……"

"瞎扯淡！"牛副县长气急败坏地骂。

不准公费出国旅游

七月初这一天，梁山泊首领宋江例行公事审阅财务上交的月度财政收支报表。一看吓一跳，仅五、六两个月，办公经费直线上升，用掉了100多万元，大大超出开支预算。

照这样下去，年度财政开支将会出现严重赤字。宋江急召掌管财务的山寨二当家卢俊义和军师吴用前来商讨对策。

"近期有些科局级领导频频出国公费旅游，这是山寨办公经费直线上升的主要原因！"卢俊义说起这个话题，甚是生气，"我们三令五申不准公费出国旅游，可这些人不当一回事，挖空心思钻空子，花公家的钱开洋荤成了他们一种可耻的恶习。"

卢俊义还点了花和尚鲁智深的名。来到水泊梁山后，鲁智深就任山寨体育局武术教练，除了嗜好酒肉外，倒也安心执教。但近一两年，见一些基层领导动不动就搞新马泰、欧美七日游，他急红了眼，一声招呼不打，带着两个弟子去了一趟泰国，光来回机票就花了一万美金。更出格的是，他们到了国外还去观看人妖及脱衣舞表演，为报销昂贵的门票，他们采取虚开发票的可耻手段。

"这事是不是查一查?"吴用征求宋江的意见。

宋江沉吟半晌,长叹一声说:"都是自家兄弟,这样一查,不仅伤了和气,也不利于今后开展工作,智深兄弟的事不再追究,目前,主要是预防相似的事继续发生!"

宋、卢、吴三人商讨了数日,最后出台了《关于禁止基层领导公费出国旅游的若干规定》。根据该规定,从即日起,水泊梁山的全体干部不准巧立名目公费出国旅游。一经发现,将严厉查处。情节严重的,将撤销行政职务。构成犯罪的,将依照山寨的有关法律追究其刑事责任。

吴用建议说,为抓好落实工作,除了在《梁山泊日报》、梁山电台、电视台等主要媒体上大力宣传外,还应将规定编印成小册子,做到股级(含副股级)以上干部人手一册,有条件的,一般办事员也派发。

反对公费出国旅游的学习活动在梁山很热闹地开展起来。卢俊义说收效是明显的,吴用说从当前的学习情况看,收到了预期的效果,宋江说山寨的事务太多,财政上的事就麻烦两位兄弟多费心了。

十二月初的一天,宋江审阅九、十月份财政报表,惊得差一点从虎皮椅上跌下去:刚刚降下去的开支又直线上升,这两个月财政支出超过200万元。

这是怎么搞的? 宋江气急败坏,急急召卢俊义。

"又乱套了!"卢俊义满面怒色地说,"我们规定是不准公费出国旅游,下面一些基层干部为了达到出国玩的目的,纷纷加入国际组织,为变相出国架桥铺路。"卢俊义点了阮小七、张青等一干人的名字。神行太保戴宗加入了国际长跑爱好者协会,为出席该组织成立50年纪念大会,他提出公费出国。主管领导不同意,他就给领导扣上不支持国际体育运动的帽子,并扬言要告到海牙法庭。领导被他弄烦了,就只好给他开了绿灯。阮小七则加入了国际游泳爱好者俱乐部。十月份以参加"裸泳问题研讨会"的名义去了一趟芬兰。打虎英雄武松为跟时代接轨,加入了国际野生动物保护者协会,九月份提出去荷兰参加该协会第 12345 次会议。领导说这违反规定。武松却振振有词:"规定是不准公费旅游,我这是去参加国际重要会议,大会还指名让我发言。"这话唬得领导只好乖乖签字。菜园子张青和夫人母夜叉孙二娘凭开过多年饭店的资历,以参加"第 103 次国际叉烧包制作暨品尝研讨会"的名义去了一趟瑞士。最离谱的是鲁智深,出了一趟国开了眼界花了心,他竟以参加"世界光头佬联谊会成立大会"的名义去了一趟美国。

"反了!"吴用拍案而起,说:"建议由山寨纪委牵头,成立一个调查组,对这些违反规定者进行彻底查处!"

"不急! 这事需从长计议。"宋江有气无力地说,因为九十月份宋江也以参加"世界山寨学术交流大会""宋氏姓氏起源国际学术研讨会""领导如何预防马屁术伤害暨学术研讨会"的名义先后去了法国、加拿大和澳大利亚,也是公款消费的。

测 谎

D 城红蓝绿染料厂老板老杜在一次正常的业务往来中被一个客户骗走了近 300 万元的货款。栽了大跟头的老杜咬着牙关,经过九死一生的拼搏,他重新站了起来。

这是一个诚信危机的年代。劫后余生,老杜每每想起自己的遭遇就会不寒而栗。老杜在内心呼唤诚信的回归。为了使人们自觉规范自己的诚实处世行为,老杜别出心裁举办了一次"诚实有奖大行动"。他拿出 100 万元从国外进口了一台多功能测谎仪。凡 D 城 20 岁至 60 岁的成年人均可报名参赛。参赛者将个人的资料档案输进测谎仪后,人站在仪器前即可测出参赛者是否说过谎。若从没说谎者,即可获得诚实大奖。特等奖可获得 10 万元奖金。

诚实有奖大行动轰动了 D 城,报名者非常踊跃。首先站在测谎仪面前的是一位局长。仅一分钟,连接测谎仪的屏幕上就打出了一行字:自任局长以来,几乎没讲过一句真话。自己工作出错,却向上级汇报是部下所为;强行让部下为其亲戚违法办事,却说这是市领导吩咐的事;下班后常去洗桑拿,却打电话对老婆说要加班有应酬……

局长面如土色,吓得落荒而逃。

第二位测试者是一位 20 来岁的大学生。屏幕上显示的内容是:你从高中开始就有习惯性撒谎的恶习。你经常抄同学的作业,却对老师说同学在抄你的作业;你为了骗取家长给你多些零花钱,常对父母撒谎说,学校要交这个费那个费。

第三位是一位工厂的技术员,30 来岁,戴着眼镜,很斯文的样子。可是测谎仪测试的结果是:外表斯文,模样老实,给人错觉,为你撒谎创造了掩盖的外壳。你为了在上班时间和女朋友约会,26 次向单位领导撒谎说你母亲病危。你为了报销自己洗桑拿和请同学吃饭的花销,5 次向单位领导撒谎说省里的技术员临时过来需要接待。

第四位是一位穿着时髦的性感女郎。她刚站在测谎仪面前，屏幕上就打出严重警告：输入的资料职业一栏写着是文员，但你实际的职业是"三陪"，你这种连自己都骗的人，哪有参赛资格？

很显然这些参赛者挡不住高额奖金的诱惑，抱着掩耳盗铃的侥幸心理前来一试，但是测谎仪的严谨把关令他们无机可乘，反倒让他们出尽了洋相。

接下来的几天，那些报名者纷纷打电话过来说，因种种原因，不参加测试了。

难道在 D 城找不到一个从没有说过谎的人？

老杜非常着急，在电视台反复播放大赛启事的同时，让工作人员将测谎仪搬到闹市区，现场接受报名和测试。

这一日，工作人员终于测试到一个合格的从没说过谎的中年男人。工作人员连忙给老杜打电话。

老杜很高兴，开车从工厂赶了过来。但是，到达目的地后，工作人员却告诉老杜，那名中年男人被医院的医生带走了。原来那人是一个先天性精神病患者，从 10 岁开始长期住在医院。这次，他乘医护人员不注意溜了出来，见这里人多就来凑热闹。

老杜非常失望，他掏出一根烟，心事重重地点燃，刚吸了一口，工作人员跑过来告诉他说，又测试到一个从没有说过谎的人。

老杜精神一振，连忙来到测谎仪前，只见那人是一个 20 来岁的小伙子，模样有些傻。

老杜问他："做什么工作的？"

他没有回答，却冲老杜嘻嘻直笑，笑得老杜心里有些发毛。

这时候，站在人群中看热闹的一个青皮后生对老杜说："他能做什么工作？他是个傻子。"原来，这个小伙子是弱智，20 来岁的人智商跟六七岁的小孩差不多。

老杜哭笑不得,老杜悲伤难过,老杜仰天长叹:"在我 D 城数十万人口中,竟然找不出一个从没有说过谎的人?!"

过了数日,D 城电视台播出一则声明:鉴于种种原因,诚实有奖大行动被迫取消。

查找电话号码

黄一和几位朋友在很快乐大酒家吃饭,一瓶白酒见底,黄一有了三分醉意时,他的手机响了。

电话是朱二打来的。朱二跟黄一是属于"一起下过乡,一起扛过枪"的"三铁"朋友。朱二告诉黄一一个很坏的消息,他和几位朋友在乐上乐酒店吃饭喝酒然后洗桑拿。他与一位小姐脱光衣服洗鸳鸯浴,被派出所的人抓到了,当嫖娼处理,要罚款五千元。

"真冤!"仍关在派出所的朱二在电话那头气急败坏地说,"我没干那个,凭什么罚那么多款!"他说要找杨三理论或出面说情,少罚点。杨三是管那个派出所的副所长。朱二说他没带电话号码本,要黄一告诉他杨三的手机号码。

黄一也没带电话号话本。黄一对朱二说:"我问到了,马上给你打过去!"

黄一切断和朱二的通话,转而给朋友马四打电话,他和马四在同一张饭台上跟杨三吃过饭,席间,杨三给他和马四各派发了一张名片。

马四在电话那头"哎哟"了一声:"名片放在办公室了,没带出来。这样吧,我给你查一下,查到马上给你打电话。"

马四给杨三的表弟牛五打电话。马四曾给牛五上过课,牛五对马四很尊敬。牛五在电话那头很抱歉地说:"杨三换了新的手机,没把手机号码告诉我,不过不要紧,我替你查一下,查到马上给你回电话!"

牛五给做五金生意的个体老板孙六打电话。牛五曾经关照过孙六两宗大买卖,在谈生意时,他曾听孙六说起和杨三一起去洗过桑拿。孙六手头上没有杨三的手机号码,他拍着心口对牛五说:"牛哥,你放心,我立马给你查!"

孙六想起在生意场上认识的一个叫朱二的,自称跟杨三关系很铁。他想朱二一定有杨三的手机号码。于是,他拨通了朱二的手机。

正关在派出所禁闭室的朱二听到手机响,以为是黄一回电话。待听明白是孙六找他要杨三的手机号码时,他没好气地说:"我也正在找呢,等会儿找到再给你电话。"

通完话,烦躁不安的朱二又一次打黄一的手机。

仍在喝酒的黄一很抱歉地说:"正在找人查,但还没回电话。"

朱二气冲冲地说:"你给抓紧点,派出所是那么好呆的地方吗?"

黄一于是给马四再打电话。

马四再给牛五打电话。

牛五再给孙六打电话。

孙六不敢再打朱二的电话。孙六给关七打电话。关七曾在孙六手下干过。他提过有个亲戚的朋友叫杨三,在派出所做副所长,如有需要,可通过那个亲戚找到杨三。

关七很恭敬地说:"孙老板,你放心,我马上给我的亲戚打电话。"

关七的亲戚叫黄一。关七立马给黄一打电话。

黄一也有些烦了,说:"今晚是怎么啦,这么多人找杨三?"

黄一又一次给马四打电话。

马四再一次给牛五打电话。

牛五再一次给孙六打电话。

孙六再打关七的电话。

关七不敢再打黄一的电话。关七给他的同学叶八打电话。他曾听叶八说过,他有个亲戚跟派出所副所长杨三关系很铁。叶八很热心地对关七说:"我马上给你问问!"

叶八的亲戚叫朱二。

"又是找杨三的?"朱二烦躁地说,"我也正在查他的电话,等会查到了再给你回话。"

朱二又一次给黄一打电话,朱二在电话里对黄一骂开了:"查查查?都什么时候了,还没查到?"

"是没有查到!"黄一赔着小心说,"我再追追!"

黄一再一次打马四的电话。他很生气地问:"怎么查了这么久,也没查到?"

马四着急了再给牛五打电话。

牛五再给孙六打电话。

孙六也没好气给关七打电话。关七很恼火给叶八打电话:"你到底能不能查到?"

叶八说:"我再试试。"叶八给朋友陈九打电话。陈九是另一个派出所的民警,叶八想同一系统的他一定能查到。陈九说:

"我手头上没杨三的电话。我给你查查。"

陈九给郭十打电话。郭十正是处理朱二的那个派出所的民警。郭十说："我有杨三的电话,不过你要稍等片刻,我正在处理一宗嫖娼案。等我开了处罚单就给你回电话。"

大约五分钟后,郭十给陈九回电话告知杨三的手机号码。陈九给叶八回电。到最后黄一给朱二回电。

"还有鬼用啊?!"朱二很恼火地说,"等了半天没回电话,处罚单开了,罚款也交了,再找杨三还有屁用!"

朱二边说边骂骂咧咧地走出禁闭室。旁边一个民警推搡了朱二一把说:"你态度放老实点!"这位民警正是郭十。他不知道他帮朱二查过电话号码。朱二也想不到这位态度恶劣的民警曾帮他查过电话号码。

错　位

从方又圆制罐厂到长加宽制罐厂需一个小时的车程。工程师郑本忠正艰难地挤上一辆公共汽车。

郑本忠是方又圆制罐厂的职员,郑本忠又是长加宽厂的兼职技术员,套用一句时髦话,业余时间去长加宽厂炒更。

五年前,经方又圆制罐厂副厂长老金的极力引荐,郑本忠从北方的一间小厂调到了南方这间大厂。郑本忠的为人一如其名,忠厚本分。为报答老金的知遇之恩。郑忠本一直以来在兢兢业业任劳任怨地工作着,他要证明他是能干的,老金引荐他是正确的。在配合工厂设计科开发新产品方面,郑本忠做了大量的工作,收到了很好的效果,有五项设计获得了国家专利。

郑本忠却一直得不到工厂的重用,因为他不是科班出身,他是靠自学成才并破格获得工程师职称的。老金在两次提干会议上提名让郑本忠担任车间主任,但是都被厂长老钱一口否决了:"老郑这样半路出家的人,学问能有多高?厂里能给他解决一份工作,已对得起他了,车间主任这位子,哪轮得到他!"老钱以一把手的绝对权势将一名助工提为车间主任。而这名助工实际上还是郑本忠手把手带出来的。

厂长老钱为了证明他的判断和分析是正确的,特别吩咐在设计方面的事不让郑本忠插手。有时厂里的技术人员攻克不了的难关,他到外面请星期六工程师。

遭遇这样的冷遇,再老实的人也会有看法。郑本忠感到这样的工作环境非常压抑,有一种说不出来的难受。

一次,郑本忠到朋友家串门,无意中结识了长加宽制罐厂的老朱。同行之间相遇,谈的自是本行。郑本忠畅谈了对制罐行业的技术开发及市场预测。

"你是难得的人才!"老朱对郑本忠非常赞赏,他当即试探着问他,"愿不愿意到我的厂里来干?"

郑本忠想了想说:"我这样走,感觉对不起老金。"

郑本忠的厚道令老朱感叹不已。他说:"人各有志,我不勉强你。这样,如果你有兴趣,我可以聘请你为兼职工程师。"

郑本忠想了想,应承了下来。每个周末,他就到长加宽厂搞新产品开发,每个月他有 3000 元的报酬。或许是因压抑了太久,一旦有了释放的渠道,工作的激情如岩浆般喷发,仅一个月,郑本忠就为老朱开发了两项具有很好市场效应的新款包装设计。

到长加宽厂兼职的第三个月,郑本忠又在那位朋友家里认识了长加宽厂的工程师刘成现。同行见面谈本行,郑本忠惊讶地发现刘成现对制罐市场的了解和开发新产品方面非常有见识,其才华不在自己之下,但他也一直得不到厂里重用,因为老朱不这样认为。在厂里得不到重用的刘成现业余时间也到别的厂里去炒更。

郑本忠在一次饭局上向老朱极力推荐刘成现:"刘工是一个很有才华的人才,厂里应该让他挑重担……"

老朱却打断了郑本忠的话头,很不屑地说:"他在厂里做了10多年,有多少才干,我一清二楚。他做些边角活还马马虎虎,挑大梁? 不是那块料!"

郑本忠业余时间到长加宽厂炒更。

刘成现业余时间到外面去炒更。

在一次等公共汽车时,郑本忠惊讶地发现刘成现从车上走下来。然后走进方又圆厂。

原来,刘成现一直在方又圆厂做兼职技术员!

郑本忠感到心头被一种东西堵住,他感到窒息般的难受。

工作需要的需要

小学老师雪桃被评为省"希望使者"的消息传到学校时,老师们都惊讶不已,这几年,家中一贫如洗的雪桃竟然默默地支持北方山区一位失学少女重返校园?!

雪桃是一位代课老师,一个月只能领到600元的工资。丈夫下岗两年多了,靠卖菜挣几个家用钱。在南方沿海开放城市,像雪桃这样的家庭算是很贫穷的了。况且,这仅有的收入还要负责赡养年迈母亲及儿子读书等费用的开支。雪桃家中唯一值钱的家电就是花200元从旧货市场买回来的17英寸黑白电视机。

日子过得甚难的雪桃却从牙缝里节约出一笔钱救助一位失学少女重返校园。那是四年前,雪桃在报上看到希望工程组委会刊登的失学求助者的名单和照片。山西阳谷县九岁少女张维茗那纯真的脸、渴求知识的黑眼睛深深地触动了雪桃的心弦:这些孩子太需要爱和帮助!

救助一位孩子一年需拿300元学费。雪桃第一次给张维茗所在地的学校寄去了500元,并写了一封信,承诺会负责她读完初中,寄去的其中两百元是给她作生活费用的。

第二年开春,雪桃的母亲得了慢性支气管炎,住进了医院,治疗了一段时间,家中好不容易积攒下来的3000多元积蓄花了个精光。这时节,雪桃接到了那间学校的来信:张维茗的学费要交了。读完信,雪桃的脑海中浮现出那渴求知识的眼睛。她悄悄来到医院血站用200毫升的鲜血换来400元钱寄了过去。在回邮局的路上,雪桃感到头晕目眩,几次差点晕倒过去。

雪桃不敢再去卖血,她开始捡废品卖。周末假日,她换上一身旧衣服到垃圾堆里拣旧废纸、易拉罐,然后用单车驮到收废站卖,忙活半日可挣二三元。有一次,她看到河涌的淤泥上有一个易拉罐,她下去捡,谁知一脚踩空,她重重摔倒在地,额头被石头碰破了皮,鲜血直流。现在,她额头上还有一个疤痕。但是,张维茗的成绩却令雪桃欣慰,她连续三年被评为三好学生。雪桃认为自己的心血没有白费,她感到自己的付出很值得。

省里将召开隆重的表彰大会,通知雪桃一定要去参加。雪桃去征求校长的意见,问:"去不去?"

"去,当然要去!"校长说完,想了想,马上给镇教办打电话。镇教办主任有些不满地说:"这么重要的一件事,怎么到现在才汇报?"

镇教办主任接完电话后给镇分管教育的副镇长打电话。副镇长要教办主任向市教育局汇报。教育局副局长也说,这么重要的事怎么现在才汇报?

副局长说完,又给市里分管教育的副市长打电话。副市长在电话那头沉吟了片刻说:"为显示我市对希望工程建设的高度重视,我亲自带队。"

雪桃所在的学校到省里需要三个小时的车程。在表彰大会举行的前一天,副市长、副局长、副镇长、镇教办主任、校长、雪桃以及市报社、电台、电视台记者一行共12人开着五部小车来到省城。当晚,他们入住三星级大酒店,住进了280元一晚的豪华客房。随后到海鲜大酒楼用餐。副镇长做东,点了满满一大桌,有龙虾、海参、鲍鱼,还喝了两瓶"人头马"。

雪桃感到心里头被什么东西堵住,只喝了一碗汤,就再也吃不下东西了。

次日,开完表彰大会,一结账,住房连同吃饭共用掉了8000多元。

雪桃想起那一双双渴求知识的眼睛,情不自禁地说:"多可惜啊,这些钱拿去可救助一大群失学的孩子……"

"错了!"雪桃尚未说完,副镇长已极不高兴地打断了她的话头,"账不能这样算,市长和局长等领导来参加表彰会,这是工作需要!吃饭住宿的开销,是工作需要的需要!没有什么好可惜的。"

雪桃不再说话,眼泪沿着她的脸颊悄然而流……

社会关系

中学老师宋二的女儿宋小娜在省商学院即将毕业,为女儿找工作成为他们一家的头等大事。经过一番打探,发现市贸易局正好需要像他女儿这种专业的职员。

宋二很高兴地把女儿的推荐表送到贸易局,回来时心却凉了半截:贸易局需要招用两人,但现在收到的个人应聘资料已有500份!

宋二和家人经过反复讨论后,一致决定请贸易局局长韩一吃饭,给他送红包。这是决定宋小娜能否得到这份工作的唯一途径。

宋二不认识韩一。宋二决定调动所有的社会关系。他给那些社交能力比较强的朋友打电话:"您认识贸易局局长韩一吗?"

宋二的朋友钱三自称认识韩一,而且还上他家吃过饭呢。

宋二喜出望外,下班后邀请钱三到市中心皇上他爹大酒店吃饭。钱三把五名远道而来的朋友也一起带去。

宋二想此事能否办成就全靠钱三的帮忙了。他点了鱼翅炖汤、龙虾、鲍鱼等上等的好汤和菜。钱三和那几位朋友能喝,一顿饭喝了五瓶茅台。宋二结账用去了2860元,他一个月的工资才1860元。

宋二把心疼强压住,他小心翼翼地问钱三:"你看何时请韩局长吃饭比较合适?"钱三剔着牙说:"我是通过市财政局办公室的朱四认识韩局长的,那次去韩局长家吃饭也是朱四带我去的。这事最好先请朱四吃饭,合计合计才行动,成功的机会才大。"

宋二又问:"那何时请朱四?"

钱三说:"最好你不要在场,因为有别人在场说话不太方便。"宋二认为钱三所说极是,就把3000元活动经费给他,让他招待朱四。

次日,钱三约朱四及他的朋友又去皇上他爹酒店吃饭,花掉了1000元。吃完饭,钱三才拿出宋小娜的就业推荐表道明来意。

朱四剔着牙说:"此事最好让吴五来帮忙。吴五是韩一的表侄,就在我们单位上班。"

第三日,钱三在电话里向宋二通报了昨日的请客情况。问:"请不请吴五?"

宋二说只能这样。

第四日傍晚,钱三、朱四、吴五等六人在皇上他爹大酒店吃饭,花掉了1300元。吃完饭,钱三拿出宋小娜的毕业推荐表说明来意。

吴五摇头说:"此事我不能出面,我一出面肯定要黄!"吴五解释说,韩一对家族的所有亲人约法三章,工作上的事,尤其是用人方面的不许任何亲人插手。不过,这事也不是绝对的。韩一对所有亲人严厉,唯独他的老婆杨六不买他的账。因为他能当上局长,杨六给他帮了很大的忙。此事若杨六答应帮忙,准成。

正感到绝望的钱三闻言又有了希望,问:"那有没有关系找到杨六?"

吴五想了想说:"女人的事当然要让女人出面,说话才方便。

我有个朋友叫卢七,跟杨六在同一公司做事,两人关系特铁。此事她肯从中帮忙,就成功了一半!"

钱三通过电话向宋二通报了宴请吴五的情况,问找不找卢七。

宋二强压心头的不快和着急,咬着牙说:"找。"

钱三说:"活动费用已经花掉了大半,你看……"

宋二来到钱三家,又送上了 3000 元活动经费。

第五日上午,钱三约吴五、卢七到皇上他爹大酒店吃饭。放下电话不久,钱三接到单位指派的一个紧急任务,马上飞北方的一个城市。临走,他把宋二的 3000 元活动经费全部交给吴五,让他全权作主,招呼卢七吃好。

吴五把卢七单独请到皇上他爹大酒店,点了一桌美容养颜的高档素菜,吃得卢七心花怒放,连称这是几年来吃得最好的一顿饭。饭毕,吴五又送给他一条价值 800 元的银手链。然后,他拿出宋小娜的就业推荐表说明来意。

卢七说:"此事我不宜出面,我请一个人出面,给你办妥。"

吴五说:"谁呀,有这么大的能耐?"

卢七说:"暂时保密。"

吴五想了想说:"既然这样,下次请客你单独请。"然后把没有用完的 1500 元交给她作请客时的费用。

第八日傍晚,宋二接到学生蓝必胜家长蓝八的电话,约他到皇上他爹大酒店吃饭。同时去吃饭的还有卢七。

饭毕,卢七递给宋二一个装有 500 元钱的红包,说:"有个朋友托我办事。他女儿大学快毕业了急着找工作,打听到贸易局要进人。但是,应聘的人太多,这事非找他们单位的头儿韩一不可。韩一局长对这类托关系找人帮忙的事很反感,这事要办成非他的老婆杨六从中周旋才行。杨六有个表侄就是你们班的蓝必胜。杨六疼这个表侄胜过亲生儿子,此次若你以蓝必胜学校班主任的身份去找杨六说情,我这位朋友的女儿的事一定能办成。"

卢七说完把宋小娜的推荐表拿了出来。

宋二望着八天前自己送出去现在又送回来的推荐表,不禁目瞪口呆。

上头来了一个人

(序幕)2013 年 3 月的某一天,胡来市白市长接到了省农业厅牛副厅长的秘书打来的电话:据了解,你市有一位叫黄又黑的农民培植了一种叫"黑美人"的甜玉米,牛厅长将到你市了解这种玉米的推广种植情况。

白市长条件反射地问:一共来多少人?

秘书说:就他一个人。

秘书说完又补充了一句:牛厅长的意思是不要搞特别接待。

(开端)2013 年 3 月的某一天,也就是白市长接完电话的次日,胡来市辖下的马虎县马县长接到白市长秘书打来的电话:省厅领导牛副厅长要到你们县检查工作,务必做好接待工作。

2013 年 3 月的某一天,也就是马县长接完电话的当天下午,马虎县辖下的小豆镇朱镇长接到马县长亲自打来的电话:"省农业厅牛副厅长要下来,县委决定由你们镇负责接待,你们要将接待工作当作头等大事来抓!"

需要补充的是,马县长在打电话之前,已和县委吴书记开了个碰头会,合计和部署接待事宜。

(过程)2013年4月的某一天,牛副厅长前来胡来市。一切轻装从简,除了司机外,他连秘书也没带。

牛副厅长先到胡来市住了一个晚上,受到了白市长的热情接待。当天晚上,胡来市主要领导以及农业系统的头头脑脑都来作陪,喝了八瓶洋酒,花了一万两千元。

次日,牛副厅长前往小豆镇芝麻村。除了市县相关领导跟随外,还有受命前往采访的地方新闻记者。市委书记坐专车,市长坐专车,农业局长坐专车,县委书记、县长也不在话下,记者也有各单位的采访车。于是,这支队伍共由18辆小汽车组成了一个车队,浩浩荡荡地开进村。

沿途,有不少正在田里干农活的农民,他们用好奇的目光打量着车队,嘟哝道:准是上头哪个领导又"打秋风"来了?

(没有高潮的高潮)年过半百的黄又黑早已等候在玉米地里,非常拘谨,在不安地搓着手。

牛副厅长上前紧紧地握着黄又黑的双手说:"我代表省农业厅感谢你!"

工作人员将已准备好的"关于培植甜玉米全过程"的资料送到牛副厅长的手上。牛副厅长随手翻了两下,说:"好,好!"就将材料塞进公文包里。

电视台记者现场采访牛副厅长。牛副厅长一脸灿烂地说:"胡来市一向很重视农业科技创新,这种甜玉米很有推广价值!"

电视台记者又采访市委书记、市长、县委书记、县长,最后采访黄又黑。

黄又黑对着镜头,沉吟了好久,才说了一句与主题无关的话:

"来的人太多了,这么多人要吃要住,得花多少钱?"

电视台在制作时对这段话作了技术处理,由记者旁白:省厅领导亲自指导工作,黄又黑同志感到深受鼓舞。

（**不是尾声的尾声**）牛副厅长在芝麻镇泡了两天温泉后,打道回府。

朱镇长刚舒了一口气,想回家好好睡上一觉,手机却响了,是马县长打来的:省教育厅八处金副处长明天下午到小豆镇检查小学生阅读课外书的情况,希望做好接待工作。

朱镇长被这个电话搞得有些措手不及,待了片刻,他想骂人,但强忍着没有发作。

在镇宣传办负责写材料的小钟和小杨来找朱镇长请假。小钟为赶写甜玉米的材料,累感冒了。小杨的母亲病了住进了医院。

朱镇长不耐烦地说:"马上写材料,写好了再说!"

小钟和小杨暗骂:"他妈的!"

朱镇长用手机打了十几个电话,安排住宿吃饭以及参观学校准备土特产……

忙完这些,朱镇长松了一口气,正要抹去额头的汗珠。他的手机又响了,是县委杨副书记打来的:再过一个星期,省气象局包副局长将到县里检查天气预报准确率的情况,到时重点检查小豆镇气象站……望做好接待工作……

放下电话,朱镇长忍无可忍,狠狠地骂了一句:"他妈的!"

笑

28岁的诗人小丁,出版过两本诗集。

28岁的诗人小丁一年前被任命为区文化局主管创作的副局长。

小丁风趣幽默,业余喜好收集民谣。每每听到诸如"抽着阿诗玛,办事处处有人卡;抽着红双喜,请客送礼靠自己;抽着红塔山,小车接送上下班;抽着大中华,你想干啥就干啥!"的段子,便用笔记本记下来,在一些场合中,他极好地加以发挥,引得众人欢笑。亲朋好友同事都很喜欢小丁,亲切地将他称为"开心果"。

小丁喜欢笑,他迷人的笑容迷倒了市话剧团当家花旦小兰。小兰说:"能笑,善于笑,喜欢笑,并且笑得迷人的男人少之又少。"小丁的笑有挡不住的魅力。不要说他才华横溢,单凭他爱笑这一特长,小兰就很乐意嫁给他。小兰见到小丁后,主动追求他。才子佳人,没有多久,他们成了一家人。

小兰升格为局长夫人没多久,就发现一个严重的问题:小丁的笑就像股市突然大跌一样,笑意荡然无存,一张脸绷得紧紧的,不仅令人望而生畏,而且使人担心。前后对比,判若两人。小兰的一颗心吊到了嗓子眼:小丁他这是怎么啦?

小兰对此进行了细心的观察和思考:或许他当了局长,烦人的事多,不顺心了,脸上自然就没有了笑容。

小兰便在适当的时候提醒小丁:"要注意身体,别累着啊!"

小丁却说:"我不累,工作就那么几项内容,咋会累呢?"

他不为工作的事，那……小兰一联想觉得问题更加严重："会不会他当了局长变了心？或者说有女孩子见他既是诗人又是局长，既爱他的才华，又爱他的权力，便主动献身于他。他陷入婚外恋，既要顾家，又要顾情人，烦着呢！电影《一声叹息》里，演梁亚洲的张国立就是这种表情。"

小兰在不安和焦虑中走过了一段时日，时间来到了他们结婚两周年纪念日，两人在一家西餐厅吃饭。小兰顾不了那么多，决定问个明白。但是，她也有些担心，自己这样直接问小丁，他会很反感的，如把握不好，夫妻情感也会被碰伤。她苦笑着，婉转地问："小丁，你最近好像过得很不开心？"

"没呀！"小丁觉得她问得有些莫名其妙。

"没有，你怎么不爱笑了？"

噢！小丁明白过来。脱口说道，"我不能笑！"

"为什么？"小兰觉得他说得更是莫名其妙。

小丁长叹一声道："你以为我不想笑啊，但是，工作不允许。刚上任的第五天，有一个诗人来找我，我们在办公室聊天，聊到兴起，放声大笑。下午，局长就将我找去，一脸严肃地说'你现在是副局长，要注意场合和分寸。在办公室里大声说笑，给其他同志留下的是轻狂、得意忘形的坏印象！'局长这么一说，我没当回事。半个月后，下面一个镇搞一次小品比赛，我和局长都应邀去当评委。其中，有个小品水平并不怎么样，但有一段很滑稽，我忍不住大笑起来。我这一笑就坏事了，镇里去的其他几个评委误以为我对这个小品评价很高，都给那小品打高分。结果，那个水平很一般的小品竟然夺得了大奖，弄得其他作者意见很大。回来的路上，局长瞪了我一眼说，'这就是你随便笑的后果！'从那以后，我强压制自己，不准笑！不要笑！不再笑！"

有　病

小枫向厂长老莫递交辞职报告的时候,春日的阳光正和煦地洒在窗外的丁香树上。

厂长老莫很惊讶地问小枫:"你从大学校园出来,到厂里才做了两年,做得好好的竟说走就走,是不是又找到了比这里好的工作单位?"

"不是!"小枫一脸平静地说,"我不想工作,我想休息一年。"

老莫闻言更感不可思议:"你年纪轻轻的,怎么想到要休息呢?"

小枫说:"工作就是为了休息,休息就为了更好地工作。我现在对工作提不起兴趣,强干下去对不起工厂,也对不起自己!"

老莫还是无法理解小枫,他觉得小枫的想法很危险。不过,给小枫办了手续,他反而高兴起来了:拔了一个萝卜腾出一个坑,可安排一个新人进来就业,这绝不是坏事。

小枫辞了职,搬出集体宿舍,在外面租了一间小阁楼作栖身之所。听音乐、看小说、看电视或电影,写写一些短小文章成了小枫辞职后的主要生活内容。小枫过得无忧无虑。他银行卡里有8000元的存款,这钱足以支撑他一年的生活费用。

无职一身轻,小枫无牵无挂地走在大街上,偶尔看到行色匆匆的人流,他就感到自己的选择是非常明智的:多少人这样操劳一辈子,却从没有好好休息过一天。有的人一参加工作就像搭上了一列呼啸的列车,无法停下来。到老了,才想休息,但身体也垮了不行了,休息的真正意义也就被扭曲了。

小枫正在为自己的选择感到高兴的时候,麻烦也来了。

这一日傍晚,小枫正在出租屋看一本最新的《小说月报》,意外听到有人敲门。开门一看,是原工厂工会主席老劳。老劳手里提着一袋水果,脸上写满了焦急的神色。见到小枫,老劳激动得连声说:"找了你好几天,终于找到你了。"

"有什么要紧事吗?"小枫感到有些奇怪。

老劳很感慨地说:"小枫啊,虽说你现在离开了工厂,但你始终是工厂的一员。你这次突然辞职,工厂里的工友们很焦急和不安,他们怀疑和担心你是不是……是不是患了什么要紧的病?"

"这……"小枫闻言很着急道,"这是什么话? 我好好的,什么病也没有!"

老劳听了放心了,却不理解:"没啥病,干吗要辞职? 现在找一份好的工作要多难有多难。有工作时不珍惜,想找工作的时候,后悔也没用了。"

小枫说:"谢谢劳主席的关心,找工作这点信心我有。"

老劳走后没几天,小枫原办公室的五位同事又一次走进小枫的出租屋。他们都不相信老劳的判断,都说小枫肯定有病,他们坚持要小枫去看医生。小枫哭笑不得。

小枫辞职后的第三个月,他在另一个城市一所学校当教师的母亲听到小枫突然辞职的消息后,很恐慌,连夜坐车来找小枫。

小枫的母亲一口断定小枫病了,坚持要他去看医生。小枫怎样解释都没用。没有办法,他只好跟母亲去医院作了一次较为全面的检查。结果出来,小枫的身体很正常。

小枫的母亲放心了,却也被激怒了,她大骂小枫:"年纪轻轻的,就不思上进,工作才两年,就想把老本吃光,将来成家娶媳妇看你上哪找钱?"

小枫在母亲的严厉批评中无言以对,他需要好好休息的心情遭到了最强烈的破坏。

为了平息母亲的怒气,小枫第一次向母亲撒谎:"我有病,但为了不让你担心,我让医生将检查结果改了。"

小枫的母亲一听很紧张地问:"什么病?"

小枫说:"是现代综合征,表面看起来很健康,但身体的一些器官因劳损有些问题,是一种典型的亚健康。"

小枫的母亲又问:"那该怎样治疗?"

小枫说:"医生说最好的治疗办法就是好好休息一年!"

与猪一样

"刘秘书,1 + 1 + 1 等于几?"

"报告温市长,答案应该是3。"

"刘秘书,我是哪年哪月哪日出生的?"

"报告温市长,您是 1949 年 3 月 23 日出生的。"

副市长老温最近得了一种病,大脑不听使唤,一想问题就头痛,小孙子问他最简单的数学题,他答不出来,就打电话给他的专职秘书刘秘书。跟朋友聊天,问起他的年龄,他记不起来,就给刘秘书打电话。

老温的反常表现引起了亲友的恐慌。老温读大学时,是学校有名的才子，写得一手好文章，又能言善辩，深得师生的喜欢。毕业后，他到乡里做宣传员，他踏踏实实地干，从一般办事员被提拔为副乡长，再由副乡长到乡长到副市长，他的提拔靠的是真才实干。

没吃错药，没闹过啥病，老温一下子变成这样，亲友无法接受。而当务之急是怎样治好老温的病。

市启聪学校新近从国外引进了一台测试大脑反应及智商的仪器。亲友将老温送去测试。仪器的屏幕上打出了两行令人触目惊心的字：大脑严重萎缩，该测试者智商奇低，与猪一样！

老温的智商与猪一样的消息传到了市里。市里的头头脑脑非常紧张，立即召开了一次紧急会议，做出了两个指示。其一，老温的智商跟猪一样这是秘密，不准任何人泄露出去，否则，将以"泄露机密"的罪名追究其责任。其二，由市财政拨款为老温治病，希望用最好的医疗手段尽快使老温的智商恢复到原来的水平。

市医院抽调了几位专家为老温会诊。老温的家人拒绝了，他们说市里的医生水平不高。最后，老温和刘秘书等一行飞到 M 国去做换脑手术。按原定计划，手术及术后休养需要的时间是一个月，但是，老温却在 M 国待了半年。

在手术进行的前两天，老温住进了医院。刘秘书要求住进那种带有休息室及卫生间的高干病房，但院方很遗憾地告诉他，这家医院没有。半夜里，老温起来尿尿，公厕设在走廊尽头，老温走了二十余米才到。走进厕所，老温拉开裤子拉链，正想来个痛快淋漓，冷不防听到背后有人大叫："流氓！"

老温闯进了女厕所！

医院保卫人员将老温带进了值班室。问话在翻译的帮助下进行。

"叫什么名字?"医院保安头目开始审问老温。

老温不当一回事,说:"找刘秘书去!"

保安头目一连问了几个问题,老温都说找刘秘书。

"此人有精神病!"保安头目二话不说将老温送往精神病院。老温有些着急,一路上反反复复说:"我要找刘秘书,离开了刘秘书,我的日子该怎么过?"

精神病院的人一看老温那样子,还埋怨了一句:"这么严重的病人,怎么现在才送来?"

老温在精神病院被强制治疗了五个月,才被刘秘书委托的寻人公司找了回来。当然,刘秘书还得为老温补交一大笔医疗费。

换脑手术后,老温的智商恢复到了原来的水准。但好景不长,一年后,老温又出现了"与猪一样"的状况。

众人怀疑换脑手术做得不彻底,市里几家医院的专家建议对老温的工作与生活进行跟踪,很快,他们找到了病因:老温的大脑基本是不用的。

什么时候出席何种会议,刘秘书通知他,开会的讲话稿,刘秘书写给他。

老温除了亲自上厕所、亲自吃饭睡觉这类非亲自干不可的事外,都吩咐刘秘书去干,连他的姓名出生年月等个人资料也由刘秘书帮他记着。大脑长期基本不用,大脑萎缩,功能退化,聪明过人的老温最终智商变得与猪一样。

老温飞到 M 国又动了一次换脑手术。回来后,根据专家的建议,老温辞去了刘秘书,尽管他心里头一万个舍不得。

花钱学雷锋

　　大宝公司总经理何少雄在下海之前,曾担任过单位团支部书记。那时,他除了完成上级团组织交给的任务外,还和支部的几名团员定期上门到市郊区给朱三婶打扫卫生、买生活用品,支部因此年年被评为先进支部。

　　几年的商海搏击,挣了一大笔钱。已成为企业家的何少雄挺怀念以前在团支部的工作,也怀念给予帮助、并给团支部带来荣誉的朱三婶。有一天,他忍不住拨通了团市委书记的电话:"我想继续学雷锋!"

　　"欢迎,无比欢迎!"团委书记说,"你是出钱还是出力?"

　　何少雄说,干回原来的工作,定期上门给朱三婶提供雷锋式的帮助。

　　市团委经过研究,答应了何的要求。

　　何少雄抽了一个日子,带着办公室的几员干将开车来到朱三婶的家里。他和老人聊天,手下的几个人则卖力地清洁房子。朱三婶感激地连声称谢。临走时,何少雄对老人说:"下个星期再来。"

　　可是,下个星期,公司接到了一笔大买卖,全公司上下要加班加点完成订单,根本抽不出人手。何少雄左想右想,想出了一个办法。他来到公司门口,找到三名正在等活干的外地民工,雇他们去朱三婶家干半天活,每人给 50 元的报酬。

隔了数日,何少雄派秘书去了解服务质量。朱三婶说那几个人干得还好。不过,那三名民工干活时随地吐痰、要水要茶喝这些细节她就没说。

何少雄从花钱学雷锋的初步行动中得到鼓励,他决定今后就这么干。于是,他吩咐办公室去办置了几套印有"大宝公司雷锋使者"字样的衣服,到了服务日,花钱雇去干活的就穿上这衣服。

市晚报一个记者获得这个消息后,认为这是一条不错的新闻,就赶去大宝公司采访。何少雄谈了一点感受:改革年代,就要敢干突破传统,学雷锋也可以采取新的方式。记者回去后,发表了一篇《在新的经济环境下用新的方式学雷锋》的特写报道。

市电视台不甘落后,就跑到朱三婶家,拍摄了三名民工受雇学雷锋的特写镜头。

媒体一报道,不少市民感到惊讶和困惑:还能这样学雷锋?!

有人则指责大宝公司这样做是别有用心,是利用学雷锋提高自己的知名度。

就在市民议论这事时,电视台又播出了一则消息:昨晚,市某派出所巡逻人员抓获了两名偷自行车的小偷……

"这两个人刚上过电视!"有眼尖的市民一看,叫道,"这两人不是刚参加学雷锋吗,怎么一转眼又偷起自行车来了?"

摸 底

　　区委组织部干部科科长老许和科员小宋是在天黑时分走进副镇长老白家中的。

　　"稀客！"老白那胖胖的脸上堆满了笑容，老白的老婆已按老白的吩咐泡上了两杯顶级毛尖。

　　老许没有笑，板着一张脸，很严肃地说："我宣布，从现在开始到晚上 11 时，所有打进来的电话都要登记，所有登门拜访者都要如实告知对方的身份以及与你的社会关系！"

　　区委组织部按上级指示正在选拔区财政局长。经过几轮角逐，最终只剩下两位合适人选。老白是其中之一。为了使选拔的人才更合格称职，市委市政府的领导煞费苦心，秘密出台了最后一个选拔的程序：晚上上门摸底！看登门者都是谁，看登门者都带着啥东西，以此来调查和判断候选人为人是否正派，作风是否清廉。

　　老白被这种偷袭般的摸底弄得有些措手不及，胖胖的脸上虽然仍堆着笑容，不过已变得有些僵硬，汗同时从他的额头渗出。

　　"喝茶！喝茶！"在官场上浸淫多年的老白定力不错，他很快强迫自己镇定下来。

　　老许端起茶喝了一口，眉头皱了一下：这顶级毛尖市面上一斤卖一千多元哪！

　　小宋一直拿着一个笔记本在做断断续续的记录：8 时 20 分，

打进第一个电话,打电话者何复来,镇供电所副所长,电话内容:问老白去不去洗桑拿?老白很生气地说了一句:"你又不是不知道,那地方我从来不去的!"

8时30分,又一个电话打进来,打电话者黄丽,发廊老板,同老白的关系是朋友,电话内容:她的一个朋友开了一间洗头房,因消防不合格,问老白能否给办证的有关部门打招呼,老白一口拒绝后,黄丽没有挂电话,黄丽仍补充了一句,说洗头房老板许诺若能办成可以给五万元酬金,黄丽还要说,老白已将电话挂了。9时10分,老白的手机响了,打电话的人叫蒋三,镇机床厂副厂长,今晚有应酬,和一个客户去吃饭,喝了不少酒,然后到一个宾馆开房,两人分别叫了一个小姐做按摩,然后发生了性关系,但是被派出所的查房查到了,说他们是嫖娼,要罚款拘留。蒋三问老白能不能保他出去。

"你神经病!"老白有些生气,将电话挂了,回过头对老许说,"和他开了一次会,互派了名片,他就称兄道弟找你办事,真是的!"

9时30分,有个叫钟明的小伙子登门,手里拿着一个装有水果和洋酒的礼品袋,进门怯怯地叫了一声:"白镇长……"老白抢着介绍这是他的一个远房亲戚。钟明坐了十几分钟,觉得说话不方便就走了。在小宋做笔记的中间,老许上了一趟厕所,老白给小宋递上一根"中华"烟,点好后问小宋:"局长人选是否都要摸底?"

得到肯定的答复后,老白若有所思。

11时,从老白家里出来,老许感到双腿很沉。

次日晚,老许和小宋来到第二位候选人老钟家。老钟是一家国有企业的厂长。老钟在办厂方面很有一套,仅用一年时间就使一间亏损严重的死厂起死回生,盈利过百万元。

相对老白而言,老钟对摸底之事很坦然。他给老许、小宋倒了两杯白开水后表了态:"不管能不能当上局长,我对你们这样的选拔方式都持支持态度。"

小宋依然做笔录。7 时 20 分,打进第一个电话,打电话者严小双,工厂销售科科长,请示工作上的事。8 时 20 分,一个叫安国民的客户打来料加工电话,定购一批产品。

老许的眉头舒展开了,严肃的脸上多了几分笑容。

9 时 30 分,有人登门。老钟的老婆去开门,门口站着一个涂脂抹粉穿得很性感的女人。老钟的老婆一下子愣住了,问:"找谁?"

女人嗲声嗲气地问:"这是钟厂长家吗?"

老钟的老婆变了脸色,老钟觉得奇怪,来到门口。

那女人一见,说了句:"对不起,我找错人了!"说完就走了。

老钟说了句:"莫名其妙!"

小宋问老许这记不记,老许说记上。

9 时 40 分,又有人登门。来人提着两瓶洋酒、三条"中华"烟。

"你是谁呀?"老钟问那男人,"我可不认识你,你提这么多东西来,这是干什么?"

噢! 中年男人像醒悟过来,连忙说:"对不起,对不起,我走错门了!"

老许的眉头又皱了起来。

11 时,老许、小宋离开老钟家。来到楼下,老许突然看见那位中年男人从楼梯一角闪了出来,急急往上走。

老许连忙下车,尾随那人上楼。老钟住在五楼,老许来到四楼，就听到那中年男人在敲老钟的门，一边敲一边小声叫："钟厂长，他们走了，我回来了！"

老许没有再听下去，他一边下楼一边在心里暗骂："卑鄙，阴险！"

半月后，老白被任命为区财政局局长。老白得意万分，心里说："你们搞摸底，我也可以搞，看谁摸谁的底?！"

得意忘形的老白上任不到三天，却接到一个令他感到毛骨悚然的电话。电话是一个女人打的："财神爷，你的底，老娘我也摸清了，我和我家的那死鬼被你当枪使，你只给区区 5000 元，也太不够意思了！限你五天之内，给 50 万的辛苦费，否则……"

关于禁止批评幼儿园小朋友的紧急通知

(导火索)2015 年 4 月 4 日，天尊市第二幼儿园中班小朋友胡冬冬在上课时把同班小朋友何丽丽的裤子突然脱了下来。何丽丽遭到突然袭击"哇"的一声哭了起来。正在上课的老师方日红非常生气。胡冬冬在她上课时如此胡闹已经多次，方日红失去了耐性，她把胡冬冬叫到黑板前，罚站了 20 分钟，并对他作了狠狠地批评：脱女同学的裤子是一种流氓行为！并警告他，今后若再这样，叫其他小朋友不同他玩。

在罚站的同时，方日红试图让胡冬冬认错并向何丽丽道歉。但是，胡冬冬一言不发，还用眼睛狠狠地瞪了方日红一眼。方日红无奈，只好作罢。

（**引发事件**）2015年4月5日早上，方日红像往日一样准时来上班。刚进园里，园长费思嫦将她叫进了办公室。费思嫦一反往日的冷静沉着，有些冲动地抓着方日红的手问："方老师，你昨日批评了胡冬冬同学？"

在得到方日红的肯定答复后，费思嫦又惊又气说："你知道吗，你闯祸了！你把幼儿园害惨了！"

费思嫦的失态令方日红感到费解："老师批评犯了错误的小朋友，有错吗？"

唉！费思嫦长叹一声道：都说批评使人进步。但是，今非昔比，批评总是令人反感，令人讨厌，甚至令人难于接受。胡冬冬的父亲胡财发是天尊市一家大型企业的董事长，自我感觉一向好得无以复加。在听了儿子挨老师批评的自我诉说后，他第一时间将电话打到了园长室，谈了三点看法提了四个要求。不管他儿子有没有错，老师在班上公开对他批评绝对是严重的错。不管老师的批评是善意的还是恶意的，作为家长是绝对无法接受的。不管这次批评的力度是轻的还是重的，其影响绝对是恶劣的。站在家长的立场，胡财发提出了向其儿子赔礼道歉，防止此类事件继续发生，追究老师相关责任，保留向法院起诉索要精神赔偿的四个要求。

胡财发跟费思嫦通话时还提出了两个附加条件：其一是此事得不到妥善解决，他儿子马上转园，并且以他个人的影响力不排除动员其他学生转园的可能性。其二是之前给幼儿园赠送8台空调的许诺，在此事得不到圆满解决之前，赠送空调一事免提。

（**解决办法一**）2015年4月14日，天尊市幼儿园举行"关于向胡冬冬同学赔礼道歉"的隆重仪式。

仪式由费思嫦亲自主持，胡财发家长、胡冬冬同学以及胡财发的法律顾问等在主席台上就座。

方日红老师在全园师生面前作了沉痛的检讨："本人思想觉悟不高，大局意识不强，业务能力差，导致在工作中犯下严重的错误，在班上当着全班同学的面严厉批评胡冬冬小朋友，给胡冬冬同学的个人形象、名誉以及精神造成了一定程度的损害和伤害。在此，我怀着沉痛的心情向胡冬冬同学以及胡财发家长致以深深的歉意。"说到这里，方日红朝胡财发、胡冬冬三鞠躬。

方日红继续检讨："今后，本人要加强政治时事的学习，提高思想觉悟，紧跟时代步伐，增强大局意识，保证今后在工作中不犯相同的错误，请胡财发家长监督我吧！"

需要补充说明的是，道歉仪式原本定于 4 月 6 日早上进行的。但是，方日红想不通到底犯了什么错。费思嫦有些气急败坏地说："不管你有没有错，你必须无条件地认错！"并声言，若不认错，就把她开了。

方日红家中有生病的母亲，哥哥刚下岗，现在她的工资收入是家中的重要经济来源。方日红经过痛苦而矛盾的思想斗争后，于 4 月 13 日向费思嫦园长作了妥协。原本计划 4 月 6 日举行的道歉仪式推迟了 8 天后于 4 月 14 日举行。

（解决办法二）2015 年 4 月 24 日，第二幼儿园召开了全体老师紧急会议。

费思嫦说，虽然批评是我们开展工作的一大法宝，但是，时代不同了，现在几乎每一次批评都可能惹来麻烦。据我本人多年的工作经验表明，会犯错误敢犯错误的，一般都是有来头有背景的，我们批评他们，不但是自讨没趣，而且也是自找麻烦。吸取"44"事件的深刻教训，为了维护幼儿园安定团结的良好局面，保证生源的稳定性和家长的满意度，经幼儿园领导集体讨论决定，出台了一份《关于禁止在幼儿园批评小朋友的紧急通知》。根据这份通知的精神，今后不管小朋友犯了何种错误，老师都不准对他们进行批评。如果小朋友犯的错误非常严重，非批评不可，老师也必须先报经幼儿园领导批准，并经小朋友的家长同意而且还必须在小朋友能够接受的前提下后才准进行批评。总之，我们要把握批评的度，尽最大的努力，把批评减少到零。多表扬，少批评是我们今后开展幼儿园工的总方向。

（意外收获之一）天尊市第二幼儿园出台的这份通知开创了幼儿园工作的先河，有热心人士动员幼儿园向吉尼斯世界大全申报世界纪录时，一些单位闻讯也纷纷派员赶来学习取经。随即，天尊市的一些小学、中学和商场相继出台了《关于不准批评小学生的紧急通知》《关于不准批评中学生的紧急通知》《关于不准批评顾客的紧急通知》。

受此启发，有 9 位热心的观众联名给天尊市电视台打电话：这几年，你们台一共搞了三次批评报道，虽然也解决了群众的一点实际问题，但弄不好会惹火烧身，建议你们台速速派员到幼儿园去学习关于"不准批评"的先进经验。

接电话的值班编辑闻言很不屑地说："跟我们比，他们那套做法太小儿科了。"我们早已出台了《关于不准批评报道的 180 条细则》。其中 104 条细则规定，大款的猫、名人的狗在大街上拉屎撒尿一律不准曝光。老板包二奶，警察开枪打伤群众，银行出纳卷巨款潜逃一律不报道。第 124 条细则规定，所有批评报道未送有关当事人审阅，未经批评对象及其上级主管部门同意，任何批评报道都不准播报。第 180 条还特别规定：为形成正面报道的良好氛围，全体采编播人员在公共场合不准提"批评"两字，每提一次，罚款 10 元。一个月连续说"批评"两字超过 5 次的，扣发当月的全部奖金,并要做出书面检讨。一年之内在公共场所提"批评"两字超过 14 次的,扣发全年奖金,情节严重的将开除公职,决不姑息。

(意外收获之二) 2015 年 4 月 30 日,得到消息的费思嫦带着方日红等 10 多位老师到天尊市电视台学习关于"不准批评"的先进工作经验。

费思嫦等人在电视台学习了一个星期,称大受启发,回去后对园里出台的通知作了大幅度的修改和补充。

宋江拍广告

水泊梁山为了适应市场经济发展的趋势,决定进行机构改革,鼓励有才能者下海从商。吴用第一个打了停薪留职报告,下山开了间"智多星点子公司",借助名人效应,仅半年就挣了过百万元的身家,吴用不仅坐上了"大奔",而且还高薪雇请了两位年轻貌美的少女当秘书。母夜叉孙二娘也不甘落后,和丈夫菜园子张青在梁山脚下开了间"二娘餐厅",专营山珍,生意火爆,两口子很快就住上了别墅。

手下一帮人在商海中一夜暴富,宋江看在眼里,急在心里。身为梁山首领,宋江每月有 8000 多元的薪水,吃饭可以签单,到外地考察,也有地方领导接待,但同吴用等人一比较,宋江还是觉得自己活得不够潇洒。上个月,吴用抽空回了一趟梁山,一次送给宋江三张貂皮、五条虎鞭,按市场最低价估算没有两三万元是提不来这些东西的。宋江被重礼震得手直发抖,吴用却毫不当回事说:"这点薄礼算什么?我宴请重要客人,一顿饭花销十万八万元是常有的事。"

吴用走后的当天晚上,宋江失眠了:看看人家,随便一出手,送给别人一点"薄礼"的花销就相当于自己一年的年薪!再也不能这样活了!

宋江其实早就想做点赚钱的买卖,但苦于自己是押司出身,文不得,武不得,不知该从何入手,故一直在岸上观望。

宋江苦苦思索了一夜,也没理出什么头绪。第二日一早,他就给吴用打电话,请吴用结合他的实际,给他出挣钱的点子。

"代理广告最适合你了!"吴用说,"你有没有看电视,最近,名人明星纷纷当起了厂家的形象代言人,头领你也是名人,找几家大公司,给他们拍拍广告,不出半年,保你成为宋百万!"

一席话说得宋江心花怒放。放下电话,宋江迫不及待地吩咐两个喽啰下山联系广告事宜。

两日后,喽啰回报,找了几家名气大的公司,但他们嫌宋江年纪太大,长得也不够英俊潇洒,担心广告出镜,没什么效果,故都谢绝了!

宋江气得破口大骂:"他爷爷的,赚了几个钱,就不把我老宋放在眼里了!哼!"骂完,宋江叫喽啰再次下山:"名气大的公司不买账,那就找名气小的!"

又是两日后,喽啰回报:联系到了一家酒厂,愿意出 10 万元请宋江拍广告。

宋江大喜,立即下山。那是一家作坊式的酒厂,有 50 来个工人,生产一种叫"鸟牌"的黑酒,说是具有壮阳功效。本来,酒厂已联系了几位明星,但他们嫌商标名字不雅,故婉拒了。宋江也觉得这商标有点那个,但想到这笔生意来之不易,故硬着头皮拍了。

很快,宋江拍的广告就上了电视。人们在吃晚饭的黄金时段总能看到嫖客打扮的宋江左手搂着美女,右手托着酒瓶在大声吆喝:"喝了鸟牌黑酒,浑身有使不完的劲!"

在《批死你》杂文月刊担任主笔的金圣叹老先生对宋江拍的这则广告非常反感,连夜写了一篇批评文章:《昔日逼上梁山叱咤风云,今日为钱折腰奴颜媚骨》。

宋江看了金老先生的批评文章后非常生气,立即在报上发了一则声明:我拍广告是我的自由,别人休要说三道四,对有毁我声誉的、人身攻击性的言辞,本人将保留追究法律责任的权利!

一波未平,一波又起。宋江原配夫人阎婆惜的表妹金三娘以每月十万字的速度赶写了一部自传《情人岁月——我和宋江不得不说的往事》,书中第一次披露了她和宋江如何成为情人、宋江又如何为情所困而杀死阎婆惜的鲜为人知的细节。同时,金三娘还在书中揭露宋江做虚假广告,因为宋江在十年前就患上了性功能障碍症。金钱出版社以最快速度出版了这本自传,一时成为畅销书。

宋江对金三娘的自传正要再次发表声明时,酒厂却派人通知宋江下山去参加国际美酒供需见面会,并许诺给他 10 万元的出场费。鸟牌黑酒借助宋江的名人效应及文字纠纷与自传风波的影响,已一路上升成为国际知名品牌。赚钱要紧,宋江就暂时搁下个人恩怨,乐颠颠地下山。

供需见面会设在一个湖边,宋江根据酒厂的策划意图,左手搂着两个美女,右手提着三瓶黑酒登上舞台,正要吆喝,冷不防台下有十余个青年向他扔臭鸡蛋,一边扔一边大声喊:"你曾经是我们的英雄、我们的偶像，如今却为了钱做这样的广告，太掉分了！让臭蛋臭死你！"

尽管扔臭鸡蛋的十几个青年被当地派出所拘留了一个星期，但宋江也被弄得狼狈不堪。

回到梁山，宋江怒火攻心，大病了一场。病刚好，当地质量监督局又给他送来了一份罚款通知书。鸟牌黑酒打开市场后，产品供不应求，厂家就以次充好，搞假酒劣酒，宋江作为酒厂形象代言人，有欺诈消费者的嫌疑，负连带责任，罚款 30 万元！

宋江的银行存款只有 15 万元，无奈只好向孙二娘借了 15 万元来交罚款。

当年底，"宋江拍广告"被评为本年度名人十大丑闻之一。

全民微阅读系列

第三辑

社会百态

都是十元钱的事

星期二早上,轮到科员小杨打扫办公室。小杨在清理堆在墙角的一堆旧报纸时,问主任:"该搬到哪里去?"

主任说:"丢了吧!"

小杨说:"这么多丢了怪可惜,还是找个收破烂的来吧!"小杨边说边去把门卫老马叫来。老马除在单位看门外,业余兼收废旧物品。

一堆旧报纸共卖了 10 元钱。小杨又问主任:"这钱怎么用?"

主任一笑说:"拿去给你儿子买个玩具吧!"

"不行!"小杨说,"这是公家的钱,我不能拿! 要不,拿去买一些水果来让大家吃一吃?"

"10 元钱太少了,先放着,等下次卖废纸凑多一点再买吧!"主任说。

老马提着旧报纸下楼时,碰到办公室的科员小易。小易一问知道小杨卖旧报纸得了 10 元钱。

进了办公室,小易跟小杨打了声招呼,随口说:"在楼下碰到了老马,说你早上卖报纸卖了 10 元钱!"

小杨听了微微有些不快,认为小易这样说,是在暗示或警告她不要独吞了那 10 元钱,就故意说:"刚才我儿子来过,我已将那 10 元钱让他拿去买雪糕去了。"

隔了约两个月,墙角又堆了一堆旧报纸。临下班时,小杨叫老马明天一早去办公室清理。

次日早上,小杨的儿子突然发起高烧,得送医院打吊针。老马来到办公室,只有小易在。一堆旧报纸还是卖了10元钱,10元钱交到了小易手里。小易想小杨可以心安理得地拿那10元钱,自己也拿得。中午回家时,她用那10元钱给儿子买了一个小变形金刚。

小杨回来上班后,了解到是小易处理了那堆旧报纸。她认为很有必要跟主任澄清一下事实,就对主任说:"是小易卖的旧报纸。"

主任没有去找小易。

小易也没有跟主任提起卖报纸的事。

主任的脸色日渐变得难看。他想:小事最能体现一个人的品质。从卖报纸这事就可以看出小易这人挺爱占便宜。从此,他日渐疏远了小易。

小易偶然获悉主任不喜欢自己全因小杨打小报告所致,她恨死了小杨。公事、私事,她常跟小杨暗中较劲和作对。

办公室里安定而不团结,工作开展经常出差错。年终,被单位点名批评。

主任就设法将小易调到其他科室去。小易认为这样被支开,等于在形式上败给了小杨,就死活不同意。

小易那在中学当老师的丈夫就劝她:"算啦,这事咱谁也不怪,就怪那10元钱!"

小易气冲冲地说:"这哪是10元钱的事?!"

她丈夫闻言有些感触说:"这不是10元钱的事,又算是哪门子的事?"

噩　梦

　　文化馆编剧老申是一个 40 岁的中年男人。一个下着毛毛雨的下午,老申被做皮带生意的私营老板老伍邀请到工厂给工人讲创作课。

　　讲完课,雨未停,天已黑,老申被老伍带到一家酒店吃饭。老伍叫了一瓶 45 度的白酒,一个劲地敬老申的酒:"我最敬重文化人!"老申酒量不大,但是挡不住盛情,便敬一杯喝一杯。一瓶酒见底,老申已有七分醉意。老申舌头打着卷说要回家。

　　"这么早怎么就回去?"老伍说,"去玩,玩个痛快!"

　　上了车,老伍一脸坏笑地说:"带你去一个地方,和小姐们玩玩。"

　　老申听了有些紧张,一边喘着粗气一边说:"这使不得!"

　　老伍有些惊讶地说:"你没和小姐玩过?"

　　老申说:"我……不能做对不起家里人的事!"

　　老伍说:"还真难得有你这样的男人。不过,你搞文学的,要多出去活动活动,这也是体验生活嘛!"

　　老申被老伍带到一个叫仙女谷的桑拿中心,老伍开了一个两房的套间。老申卷着舌头对老伍说:"你玩……你的。我只想睡觉。"

　　老伍没表态,叫服务员拿来两瓶啤酒和一个水果拼盘。

　　老申说:"还喝?"

老伍说:"啤酒是醒酒的。"

两人边吃水果边将一瓶啤酒喝了。喝完,老申的醉意又上升了两分,感到天旋地转,进房,他一头栽在床上。睡了一阵,老申感到有人在脱他的衣服,他强睁开眼,看到一个十八九岁的小姐在脱他的衣服,老申说不要,但他的舌头已不听使唤……

老申醒来时已是凌晨二时,他发现自己一丝不挂,那名小姐已经走了。他像疯了一样冲进洗手间拼命冲洗自己。他觉得自己掉进了污水沟里,无比肮脏。

老伍仍在房里和小姐睡。老伍叫司机送老申回家。老申坐在车里还一个劲地埋怨自己贪杯,如果不是这样就不会犯下这么严重的错误。

老申回去的第二天晚上,做了一个噩梦,梦见他得了严重的性病。他吓得大叫一声,醒了过来,额头心窝里都是冷汗。

第二天晚上,老申又做了一个噩梦。梦见他老婆知道他在仙女谷和卖淫女鬼混的事,到法院起诉跟他离婚。城里好几家报社的记者闻讯跑到法院进行追踪报道,老申成了人见人骂的对象。老申又被吓得惊醒过来。

第三天晚上,老申仍做了一个噩梦,梦见那名三陪女找到他的单位去,要他给她三万元私了那事,否则,把他嫖娼的事告诉他的领导。老申大叫一声:"我只有五千元钱,我没那么多钱。"然后,醒了过来,很久没有睡着。

第四天晚上,老申还做噩梦。梦见单位知道了他嫖娼的事,将他开除公职,并将他的事通报整个单位。人们知道真相后,纷纷责骂他是文人败类。老申觉得没脸见自己的孩子和父母,他感到自己罪不可恕,他来到一幢 30 层高的楼顶,一闭眼跳了下去……

第五天，老申继续做噩梦。

第六天，老申仍在做噩梦。

第七天，老申仍做噩梦。梦中，他大叫："那小姐不是我叫来的！"

老申的老婆被吓醒过来，忙摇着老申问："你怎么啦？"

老申口里仍大叫："我没嫖娼！我没嫖娼！"

老申被送进了市精神病医院接受强制性的治疗。

老伍获知这个消息，被惊呆了。其实，那天晚上老申和那名小姐根本就没做那事。那名小姐把老申的衣服除去后，先给他做了一会儿按摩，没几下老申又睡了过去。那名小姐拿了老伍付给的钱后自个儿先走了。

竞　争

办公室主任老罗年事已高，准备引退。引退之前必须做好的一件事就是选拔新主任。办公室不设副职，主任人选直接从科员中物色。单位领导让老罗推荐合适的人选。

小段是大学毕业后直接进办公室搞材料工作的。开头那两年，初出茅庐的小段鼓足了劲，全身心投入到工作中。为赶材料常通宵达旦，不分昼夜，他的工作劲头得到了老罗的肯定和赞扬。

但是，对于年轻人来说，光给以口头上的肯定和赞扬是维持不了很长时间的。两年过去了，小段对工作的热情开始降温，尤其是和几位也在机关工作的同窗碰在一起时，他们对小段的处境深表同情,他们还劝小段:工作了几年也该歇歇了,只会写材料,是很难进步的。

小段有一种大彻大悟的感觉,回头看看身边的几位同事,他们上班瞎混混,日子也照样过得有滋有味。小段不再像过去那样拼命地加班写材料了。

在机关工作了大半辈子的老罗没有责怪小段,进进退退的机关生存状态他早已熟视无睹,他认为小段的心态是再正常不过的了。

老罗认为小段的综合素质不错。他挑了一个日子找小段谈话,明确告诉对方,他是主任人选之一。老罗还告诉小段,办公室的小胡也是主任人选之一。小胡的工作能力比小段逊色。但是,小胡有背景,他有个舅舅在市委当副书记。

小段当官的欲望不是很大,但升职这是对自己工作的肯定啊!竞争主任职务成了小段工作的巨大动力。他明白,光凭自己目前的工作成绩远远不是小胡的对手。小段又开始夜以继日地工作,把身上的所有的潜能全部挖掘出来。在完成本职工作的同时,他研究和探索在新时期下办公室管理工作的新方法,撰写相关论文,并参加相类的知识论坛活动。不久后,小段在报纸的理论版上发表了《现代化办公室管理新模式初探》的论文,引起了单位高层的刮目相看。

紧接着,小段还报名参加"演讲与口才"培训班的学习。这项有预见性的学习会使他在日后的竞争上岗的演讲中大出风头。

一年后,通过公开公平公正的竞争,小段如愿以偿地当上了主任。

小胡觉得很没意思,找舅舅帮忙打招呼调到另一个单位去了。小段暗说:"走了好!"

小段如初出茅庐时一样,鼓足劲头工作,把办公室的工作处理得井井有条,受到了单位领导的肯定和称赞。

一晃过了两年,办公室琐碎的事管来管去把小段弄烦了也弄麻木了,他又回到了竞争主任前的工作状态中。有时晚上出去喝酒打麻将洗桑拿占用了太多的睡觉时间,第二天上午干脆在家里睡觉。他想,反正自己是办公室的头头,怎么着都没事。手下有事找小段找不到,只能干着急。知道内情的也敢怒不敢言。但是,次数一多,办公室的人对小段颇有微词。年底,按惯例进行工作考评,手下全部倒戈,小段被评为不称职,按内部规定,小段被免去主任职务。

感到很悲哀的小段称病在家"疗伤",他反思了多日才道出一句话:当初不应放小胡走!

大约半年后,小段和办公室的人去动物园玩。看着狼和羊,小段情不自禁地说:"狼吃羊,狼是羊的敌人,但是,把狼全部消灭了,羊也会因为失去敌人失去战斗力而最终丧失生存的能力。"

女厕所被挖了一个洞

内衣厂厂长老陆与一位辞职女工正为退不退还200元押金的事争得脸红脖子粗的时候,门卫推门进来报告:女厕所有堵墙被挖了一个洞。

"是哪个龟孙,吃饱了撑的,没事干了?"老陆一边骂,一边赶去瞧个究竟。

内衣厂是由老陆承包的一间私营厂。厂房是由平房改建的。按原先的格局,厕所是男女混用的。后市劳动局来检查后,认为很不妥,责令厂里要建男女专用厕所。老陆这才极不情愿地拨出8万元建了两个新厕所。认真算起来,使用还不到一个月呢。

遭到破坏的那堵墙严格说是一堵公墙,其将男女厕所进行了严格的区分,但墙上的洞又使事物的性质发生了变化,既可说是女厕所被挖了一个洞,也可以说是男厕所被挖了一个洞。被挖的洞有碗口粗。老陆下意识地将头伸到洞口:对面女厕所的蹲位一目了然!

"变态!"老陆又骂了一句,"这一定是心术不正的家伙为满足偷窥的欲望而干的!"老陆在做出定性的同时,也让门卫到街上找个泥水匠立马将那洞堵上。

老陆还没松口气,门卫又一次推门进来,说:"女厕所的墙上又发现了一个洞!"

老陆气急败坏地再一次走进了厕所:遭到破坏的是刚修复的那个地方!

堵上!再堵上!

泥水匠在那个小洞上劳作着的时候,老陆将保安老石叫进了办公室:"你给我守在那厕所里,一宿都不准睡觉!"

老陆认为这一回万无一失了,而门卫却再次推门进来:"女厕所的墙上还是出现了一个洞!"

老陆几乎是咆哮着将老石叫来问话。但老陆还没发话,老石却抢先辩解道:"厂长,我可是整宿也没合过眼!"

哼!老陆恶狠狠地说:"你连墙上的一个洞都守不住,还能守什么?"老陆在发泄内心的不满的同时,也怀疑老石有可能只守了半宿就开溜了,也有可能他默许了作案者的行径,还有可能老石就是作案者。谁能排除他就没有偷窥的欲望呢?

老石在两日后被炒掉了。老陆亲自给派出所打电话,要求派警察前来破案。没想到竟被派出所的人骂了一顿:"笑话! 这芝麻般大的事谁有闲时间去理!"

我一定要揪出作案者! 派出所的不合作态度激怒了老陆。他找来厂里男工的档案,逐一查看,用排中律的方式找到了8名怀疑对象,吩咐新来的保安暗中跟踪,但结果没什么收获。

作案者成了一个解不开的谜!

女厕所墙上那个洞成了无法堵住的洞。女工们上厕所时,都被迫带上一个布团,先将那个洞堵住,再行方便。但她们始终觉得墙上有双眼睛在偷窥。紧张和不安令一些人的生理出现了病变。

终于,有女工无法忍受而辞工。初时是3名,后来是10名,最后,厂里只剩下年纪较大的妇女。厂里去外面急招女工,但受厕所阴影的影响,没有招到几个,被迫招男工。

男工做内衣的效率比不上女工。当年的生产总值比上一年下降了30%。老陆急得病了一场。

老陆的身体差不多好的时候接到了一封署名"不满"的女工的来信。"不满"在信中自称是作案者,因为,厂里无故少发了她10元钱。一气之下,她在厕所的墙上挖洞来发泄自己内心的不满。

"不满"是在辞工一个月后才写信来的。

圣旨不见了

金嫂意识到自己闯下弥天大祸是在春节前，她将祖传的文物——一道圣旨当成了破烂卖给了收废品的。

年前，金家搬进了一座新建的楼房里。搬家前，当家的男人金大多了一个心眼，说搬家时人多事杂，贵重东西有时会意外地失踪，就特别吩咐金嫂，将那道圣旨从一个精美的玉盒中取出来，用旧报纸包了塞进一个破旧的瓮里。搬完家，边整理东西，边将包装用的旧报纸、纸箱之类的东西卖掉。一时疏忽，那个旧瓮也被当破烂清除掉了。

金家的那道圣旨与清帝雍正有关。清康熙年间，雍正还是四阿哥时，微服出访，途经金家附近的一个小镇，遭到百多名匪徒的袭击，危在旦夕。金大的祖爷爷路见不平，挺身相救。他率领金家族中 50 男丁，凭超群武艺及计谋将匪徒击退。雍正登基后，念及往事，赐金家白银 300 两，圣旨一道，称：金家文武双全，行侠仗义，忠勇可嘉，故颁旨嘉奖！

金家便由此成为当地望族。饮水思源，金家立下族规：圣旨是金家至高荣誉，今后要由长房子孙一代一代保存流传下去，激励子孙后代，要正直做人，热心助人。

这道圣旨传到金大已是第五代了。他有两个弟弟，老二在北京做买卖，老三到美国留学去了。金大自己则在这个小镇的一间工厂当工人。三个家庭团聚时，必读必看那道圣旨。

圣旨不见了,金嫂肠子也悔青了。但她不敢告诉任何人,包括当家的。她想,这样的过错是没有人能原谅的。偶尔,金大提及圣旨的事,她就搪塞过去。然后就祈盼奇迹出现,寻回圣旨。老三去美国留学,至少要三年后才回来。金嫂想只要三年内将那道圣旨找回来就万事大吉了。于是她一遍又一遍地独自上街去找那个收废品的小贩,但均失望而归。

　　日子一天天过去了,奇迹没有出现。金嫂的身体变差了,老睡得不踏实。她常在半夜里做噩梦。梦中总见到老二、老三指着她的鼻子吼:"你是金家的罪人!"夜半惊醒后身子被汗水打湿了一大片。

　　恍恍惚惚过了两年,金嫂到底支持不住,倒下去了。住进医院,一查竟是癌症晚期!临终,金嫂将金大叫到床前,和盘托出真相。金大千言万语无法说出来,任浊泪沿着脸颊往下流。

　　"当家的,你想法子,找回那道圣旨,找不到,也替我想个法子,别让老二老三指责!"

　　处理完后事,金大请假去了一趟陕西,找到一民间艺人仿制了圣旨。回家后,没几日就到了春节。老二南归,老三也从海外回来。除夕之夜,酒过三巡,他们就让老大拿出圣旨。

　　"这件文物好像比过去新了!"老二眼尖,脱口说道。

　　老三端详了一阵,却道:"二哥,你多喝了几杯,怕是看花了眼。这道圣旨和原来是一模一样。"

　　金大一颗心七上八下,听了老三的话,才定下神来。

　　如此相安无事过了数年,又一次团聚时,兄弟仨在喝酒。金大多喝了几杯无法自持,便对老三说:"兄弟,哥这几年瞒你们两个好苦,那道圣旨丢了……"

　　"哥,你不用说了!"老三打断了金大的话头,"我知道!"

金大闻言,酒醒了一半,定眼望着老三。

"有些东西,终究会失去的,而且失去后是无法找回来的!"老三发挥他的哲理思维,意味深长地说,"咱们应珍惜现在拥有的、实实在在的东西。"

石头还是那块石头

乡长家有一块石头,百来斤重,半人高,色青绿,外形似一个贪玩的猴子。石头是在清理河涌时捞上来的。发现形状有趣,乡长就让人抬回来,也没什么用,就放在门口旁边的一个角落,日晒雨淋,石头的下部已长满了青苔。

镇长到乡里来检查工作,然后到乡长家喝茶。进门时,觉得那块石头有趣,就多看了几眼。

乡长就问:"是不是看中了,如果想要,白送!"

镇长摇头。

乡长就有些急:"您别以为我这是行贿,这石头值不了两个钱,放在这里也没啥用。"

镇长还是摇头。镇长觉得这石头虽外形有趣,但收藏价值不会很高,因为乡长压根就不懂啥叫收藏。

副市长在县长以及镇长的陪同下,到乡里来检查工作,然后到乡长家喝茶。进门时,副市长觉得那块石头有趣,就多看了几眼。

乡长就问:"您是不是喜欢?如想要,白送!"

副市长笑了笑说,:"是挺不错的,但太远了,搬来搬去不方便,而且这样做影响也不好。"

领导回去后数日,镇长想起副市长的评价,觉得那石头具有很高的收藏价值,就叫了一辆农运车前来乡长家拉石头。

但那块石头不见了!

"迟了!"乡长像做了对不起镇长的事一样,难为情地说,"石头已被县长收藏了。"

镇长不由得有些懊恼,暗暗责怪自己眼光不够。

转年,镇长到乡里布置工作,然后,到乡长家喝茶。进门时,他惊讶地发现那块石头又放回了原来那个地方。

"这是怎么回事?"镇长有些失态地挥着手问乡长。

"省里一位搞艺术的到县长家作客,他认为这块石头很平常,没多大的收藏价值。县长就没了兴趣。放在家里嫌占了位置,丢了又觉得可惜,就让司机给拉了回来!"乡长递了一根烟给镇长,接着说,"前不久,我碰到一个玩石头的,也叫收藏石头的人。他说,玩石头是没啥标准的。同一块石头,有人喜欢,有人嫌碍眼。他说只要自己能玩出门道就行了。"

喝完茶,乡长问镇长:"你是不是还有兴趣拉回去?"

镇长想了想,摇了摇头。

那块石头就仍放在门口旁边的一个角落里。日晒雨淋,石头四周长满了青苔……

下岗指标

供销科长李仿和厂长老温陪一名客户吃饭,喝了很多酒,老温喝高了。

喝高了的老温不断叹气,一副很伤感的样子。

"厂长,您心中有事?"李仿很关心地问。

老温长叹一声说:"上头发了话,要精减人员,给了两名中层干部的下岗指标……"

"兄弟!"老温说着有些激动,拍了一下李仿的肩膀说:"下岗分流是大势所趋,谁也改变不了的,至于谁去谁留,现在还没有个准数……你得努力啊!"

李仿回去后一夜没有睡着。老温对他掏心窝子把他当兄弟,他高兴。但老温也没有明确表态不动他,又令他感到担忧。他是从一般办事员干起来的,拼杀了足足五年,才被任命为科长,他珍惜来之不易的成果。李仿想了很多,也想得很复杂。"你得努力啊!"他觉得老温最后的话中带有某种暗示。工作上自己已经很努力了,不太努力的应是工作以外的事。

李仿在一天晚上,到商场花 3000 元买了两条"中华"香烟、两瓶洋酒和一些补品,来到了老温家中。李仿认为用送礼的方式来加深和老温的私交是唯一的途径。

老温说:"你这是干嘛!"

李仿对老温说,有个朋友从国外回来,给他带了这些礼物,他自己不抽烟也不喝酒,就提了过来。

老温的老婆很熟练就将东西接了,放到餐厅的一个空位上。李仿闲聊了一阵,就告辞了。临走前,希望听到老温给他一个明确的表示:不会动他! 但遗憾的是,老温什么也没说。

隔了约两个星期,仍没得到老温明确表态的李仿心里很不踏实,他担心是不是礼送得太轻了,没起到作用。于是他一咬牙,取出两个月的工资共 7000 元到商场买了一条鹿鞭给老温送去,老温的肾功能不是很好。

走进老温家,李仿见到财务科副科长老钱已坐在厅里喝茶,餐台上放着烟和酒,显然是老钱提来的。李仿和老钱在这个特别的地方见面,都不免有些尴尬,李仿寒暄了几句就匆匆告辞了。

下到三楼,李仿又见后勤科科长老金正提着一袋装着名烟名酒的礼品袋往楼上爬。老金年纪大了,身子又胖,爬得满头大汗,气喘吁吁。骤然见到李仿,老金一愣,随即说:"我有个亲戚住在这里,我来看看他。"

李仿觉得老金的解释有些画蛇添足,他明白老金说的亲戚一定是老温。李仿感到了竞争的激烈,也意识到自己再次上门给老温送些礼是明智之举。

一晃半年过去了,中层干部并没有一个下岗。厂长老温在又一次喝高时对李仿说掏心话:"给上头做了好多工作,两个下岗指标取消了。"

李仿却无意中在一个同学那里打探得一个确切消息:上头并没有给厂里下达过下岗指标。

老温在撒谎!

李仿受到老温的玩弄,他心里憋着一股无名火,却又无处发泄。

生气一段时间后,李仿原谅了老温。李仿把供销科的十多名手下带到外面吃饭。李仿喝了很多酒。李仿把自己喝高了。喝高了的李仿长吁短叹。

手下一名叫马呼的关心地问:"科长,是不是遇到什么不顺心的事了?"

唉!李仿长叹一声说:"厂里最近有动作,说要裁人,初步讲给我们科下达了三个指标!"

李仿很伤感地拍了一下马呼的肩膀说:"都是兄弟姐妹,你们谁下岗,我都不放心啊!"临走时,李仿还装作很神秘的样子说:"这事最好不要出去随便说。"

马呼等一班同事如李仿当初听到老温酒后吐真言一样,一连几天没睡好觉。他们最终也采取了给李仿送礼来巩固私交保住饭碗的做法。

李仿先后收到马呼等十多名手下送来的"中华"香烟五条、洋酒八瓶、红酒九瓶、水果等东西一堆。

三个月后,李仿约手下一帮人出去吃饭。李仿又把自己喝高了,喝高了的李仿重复了老温的那句台词:"给上头做了很多工作,下达到咱们科的三个下岗指标取消了。"

特殊招牌

旺发娱乐场是一间经营电子游戏机、录像和滑冰为一体的娱乐活动场所。

旺发娱乐场是一间"三无"经营场所,没办文化经营许可证,没办工商营业执照,没办税务登记证。

区文化局稽查队同工商部门例行工作检查,很少进入旺发娱乐场,进去了也只是问生意好不好,而从不问办证了没有。

从农村来到这个城里的旺发得意地向朋友炫耀:"我表叔就是招牌,我哪里还需要办什么鸟证件?"旺发的表叔姓高,在区公安分局任一把手。

娱乐场所越来越多,为了多揽生意,旺发借助表叔这块"招牌"大胆地违规操作。游戏机允许搞赌博,录像厅放三级片,滑冰场通宵经营,丝毫也不把文化局制定的娱乐场所管理条例放在眼里。

依靠歪门邪道制造的"优势",旺发吸引了相当一部分顾客,周围的一些娱乐场所显得很冷清,而他们均是领了牌照、按时交费、合法经营的。他们就感叹甚至哀叹:"这是什么世道?老实人就吃亏!"

有些经营者实在气愤不过,就打匿名电话给区文化局社文办梁主任投诉"旺发"。有两名治安队员也打电话来投诉,说他们曾进入旺发娱乐场,警告他不能通宵营业,结果被旺发轰了出来。

"是该管管这个场了!"梁主任说。但他也不敢贸然行事。他认为应该先向高局长打声招呼才比较稳妥。于是,他接通了高局长的办公室电话。不巧的是,高局长带刑侦队的一班人马去东北追捕两名重案犯去了。

梁主任想,这事还是等高局长回来再作处理。

"旺发"依然违规经营,生意兴隆,很快将周围的几间有牌照经营的录像厅、滑冰场挤垮。他们收拾东西走人时骂骂咧咧:"这是什么世道?"

梁主任有些着急,又有些无可奈何。他又一次给分局打电话。高局长已从东北回来。不过,追捕案犯时负了伤,现正在医院治疗。

梁主任想这个时候向他打招呼,不合适,还是等他出了院再说。旺发娱乐场就成了梁主任的一块心病。

又一个月过去了,梁主任想再一次给高局长打电话时,稽查队员小钟向他汇报:旺发娱乐场被查封了!

梁主任惊得直咋舌,脱口说道:"高局长知道吗?"

小钟说:"是高局长亲自带队去的。"原来,数日前,两名便衣巡警去抓两名毒贩,娱乐场的保安竟出面干涉,说进场抓人就是损害他们的利益,结果让那两名毒贩跑了。

梁主任闻言,恍然大悟似的说:"丢车保帅,高局长这招高明!"

"梁主任,你说啥呀?"小钟反感地说,"高局长彻头彻尾就不知道他表侄开了这样一个娱乐场!"

妙　招

正午时分,凯发大酒店的金银花房来了三位衣着考究的客人。他们点了五百多元的菜后,特别吩咐来一瓶龙牌"琼浆酒"。

"对不起,我们这里没有这种牌子的酒。"负责下单的餐饮部王部长很抱歉地对客人说。

"太遗憾了!"其中一位自称吴经理的客人对王部长说,"这种酒我喝过两次,非常香醇。"

王部长歉意一笑,征询地问:"不好意思,那你们是否喝另一种酒?"

另两位客人看吴经理。吴经理说:"没这种酒,其他酒我不想喝。"

下班后,王部长去同学家玩。王部长的同学是金庄大酒店餐饮部部长。她告诉王部长:"今天中午,酒店来了五位客人,点了不少菜,他们最后特别吩咐要来三瓶龙牌'琼浆酒'。这酒我们听都没有听过。可能是刚上市的,你们酒店有没有这种酒卖?"

这么巧!王部长心中打了一个突。

第三日,那三位衣着考究的客人再次光临凯发大酒店。他们点了几百元的菜后,又吩咐来一瓶龙牌"琼浆酒"。

得到王部长的否定答案后,三位客人有些不快。吃完结账时,那名吴经理说:"今后不再到这里来用餐,除非你们进了'琼浆酒'。"

王部长将这一信息反馈给餐饮部的钟经理。钟经理亲自跑了一趟全市最大的酒类批发市场。

"琼浆酒?没有这种酒!"酒类批发市场的负责人告诉钟经理,"已经有十多间酒店的人来采购这种酒,接到要货的电话已有20多个,但是,这种酒到底产自何地,我还没有弄懂。"

各大酒店都在设法采购"琼浆酒"时,这种酒终于上市了,是D省W市日风酒厂生产的低度佳酿。因为造势有招,一经推出,销路非常好,短短一个月就创下月销三万瓶的纪录。

日风酒厂正在加大销售力度的时候却被D省W市的日月酒厂告上了法庭。日月酒厂称他们才是"琼浆酒"的真正生产厂家,他们已在两年前向工商管理部门注册登记并向专利部门申请了外包装专利。日风酒厂见日月酒厂培育了市场,就横插一杠。这种做法严重损害了日月酒厂的利益。日月酒厂要求法院判令日风酒厂赔偿其经济损失500万元。

这样的案子有很大的新闻价值,媒体开始关注此案,有的报纸以《尚在"娘胎",即遭侵权》为题报道了这起纠纷。随着报道的深入展开,"琼浆酒"的知名度直线上升。

法院在庭审外做了大量的调查工作。日风酒厂承认侵权,在法官的主持下,双方进行调解,最后达成和解协议。日风酒厂收回全部未销售的"琼浆酒"后,再在有影响的媒体上刊登致歉信。

日月酒厂在官司完结后,也在媒体刊登"声明":感谢法律维护了本厂的合法权益。本厂今后将加大打假力度,凡发现有侵权行为都将诉诸法律。同时为答谢顾客的厚爱,本厂将进行一个月半价优惠大行动!

一招接一招,几经波折,"琼浆酒"一跃成为全国名酒。

然而,很多人都猜测不到的是,"顾客"到酒店吃饭专门点"琼浆酒",市场买不到酒,日风酒厂推出侵权产品,两酒厂对簿公堂均是策划公司为日月酒厂专门制定的培育市场及推销产品的一套宣传推广策划战略。

最有收获的一次离婚

金点子策划公司首席策划连胜与法官老何共进晚餐。酒过三巡,电视里开始现场直播一场足球赛。

"又是足球!"老何像拉家常一样对连胜说,今天他开庭审理了一起特殊的离婚案,事情的起因就是足球,说确切点是丈夫沉迷于踢足球而将妻子冷落一旁。原告罗芬是在庭上哭着向老何陈述离婚理由的:"我的丈夫张执是一家电器公司的职员,也是那家公司足球队的主力队员。我 22 岁那年,他向我求婚,我说除非你退出足球队,他一口答应。谁知,结婚不到一个星期,他挡不住诱惑,就偷偷摸摸跑去踢足球,后来故态复萌,几乎将全部业余时间放在踢足球上,我差不多独守了 6 年空房……"

"发财了!"连胜没有再仔细听老何说下去,因为一个绝好的发财点子浮上了他的脑海。

连胜从餐馆出来就直奔宇宙足球厂厂长老区家中,他和老区是认识多年的朋友。

"我给你送钱来了!"连胜一进门就将一个在车上已设想好的方案说给老区听,"丈夫沉迷足球导致感情破裂,这样的个案有是有,但是还不是很多。唯恐天下不乱的记者能错过这样的机会吗?罗芬离婚案将会成为许多媒体争相报道的新闻。不用多久,城市里的人都会知道和谈论此事,并等待和关注这一案子如何了结。这里面藏着巨额利润呢!"

老区也是一个有远见的人,连胜的方案打动了他,两人一拍即合,用罗芬离婚案作契机搞了一个重要的策划。

次日,宇宙足球厂在当地的报纸和电台、电视台分别刊登和播出"致罗芬同志的一封道歉信"。具体内容如下:本厂是一间年产 50 万个足球的大厂。本厂生产足球的目的是为足球爱好者和足球比赛提供运动器材,却没有想到足球导致罗芬同志与丈夫张执同志感情破裂,这或许是本厂生产的足球太具迷人的魅力吧。对于这起离婚案件,本厂负有不可推卸的责任。在向罗芬同志道歉的同时,本厂出于人道主义精神,决定出资 20 万元对罗芬同志进行物质和精神方面的赔偿!

此消息一公布,立即震动了整个城市。宇宙足球厂立即成了人们关注的一个焦点。其他地方的一些新闻机构纷纷派记者前来采访老区。一时之间,老区和宇宙足球厂成了报道的特别对象。

媒体的力量是强大的。老区的宇宙足球厂知名度直线上升。张执所在的公司立即登门向罗芬表示万分歉意,同时宣布今后每个星期特批张执两天时间回家陪太太。

罗芬做梦也没想到自己的一宗离婚案竟然得到 20 万元的赔偿金,更为重要的是电器公司特批丈夫每周两天的假期,丈夫又主动认错,于是撤诉了。

宇宙足球厂适时召开新闻发布会,主题是希望所有球迷和运动员在玩足球时要顾及家人的感受,家人也给爱玩足球的男同胞多一些包容、理解和谅解,他们这一举措使男球迷的家人非常感激,也使爱玩足球而又不陪妻子的男人们有种默默的感动。他们纷纷给宇宙厂来信,称赞该厂为广大球迷和运动员做了一件非常实在的事。他们表示将终生使用宇宙厂生产的产品。

第二年,宇宙足球厂年产量从 50 万个提高到 300 万个。

第二年,连胜成了国内极具知名度的策划大师。

而又有谁会想到他们最初只是很好地把握了别人的一次离婚机会而将各自的业绩做大的。

怪　圈

　　抢劫案发生的那天，老贵在小镇街头的大排档吃芝麻糊。坐在老贵旁边的是一对金发碧眼的外国夫妇。芝麻糊的香味让老外连说了几声"good！"

　　老贵吃到高兴处，将手里的手提电话暂放在台上。那男老外见状也将吊在脖子上的一架理光"傻瓜"机摘下来放在台上。

　　就在芝麻糊麻痹了他们的防患意识的时候，两个戴着墨镜的男青年不知从哪个角落钻了出来，悄悄靠近桌边，以迅雷不及掩耳之势分别抢过其中一样东西，然后分两个方向跑路。

　　众人猛追了一阵，没有结果。老贵便带着老外来到镇派出所报案。所长不在，他带着一帮人去处理一件大案去了。只有副所长和两位刑警在镇守。听完陈述，副所长二话没说，立即带领两位干警朝抢劫老外"傻瓜"机那个案犯逃窜的方向追去。在辖区治保会的帮助下，很快将逃犯截获。相机失而复得，老外连说了几声"OK"和感谢的话走了。因拖延了时间，待干警再去追抢手机的案犯时，逃犯已逃之夭夭了。

　　老贵对着副所长大发雷霆："我的手机要万把块，他的'傻瓜'才千把块，为何大案不追，追小案？"副所长赔着笑脸耐心地解释："人家是外宾，在我们地头出事，传出去影响不好。这事的成败关系到我们国家的声誉，所以非得优先破案不可！"

　　"都什么年头了，还崇洋？！"老贵仍喋喋不休地骂，"老外就很伟大吗？不信他的钱就比我多！"他在本镇开了五间厂,有几百万元的身家。上个月,刚给镇治安基金会捐了30万元。

不久,派出所在破另一宗抢劫案时,意外地将抢劫老贵手机的案犯抓获,但手机已被销赃。老贵已买了新的,不再将此事放在心上。此事便告一段落。

半年后,老贵独自一个人去N国旅游观光。想不到悲剧在N国的十字路口又重演。一名身材高大的黑人将他的密码箱一把夺去,然后疯狂逃窜。密码箱内装着老贵的出国护照及两万元美金。

老贵心急如焚,猛然看见大街上有一名巡警走来,便火速上前求助。他用不太熟悉的N国语言叙说案发经过及丢失的东西。

"你没见我在忙着吗？伙计！"N国巡警指着一位小孩不紧不慢地说,"她迷路了,我得送她回家！"

他这种轻重不分的不友好态度彻底激怒了老贵。他大声吼叫:"我是外宾！我抗议！我要找你们上司！"

"别嚷！不然别人会以为你大脑有问题！"那巡警若无其事地拍了老贵的肩膀质问道,"你是N国纳税人吗？"

绑 票

乡长游有击是在完全丧失警惕性的情况下遭到绑架的。

大约是在10天前,两名衣着考究的中年人千里迢迢从山东来到这个较为偏僻的山乡里。他们财大气粗地走进了乡政府,说准备在这个乡投资 2000 万搞一个鸵鸟养殖场。

乡党委书记梁寒和乡长游有击被这个意外惊喜震得慌了手脚。他们将乡里仅有的 5000 多元办公经费悉数取出,每顿以上好的山珍和本土佳酿招待这两位贵客,以万分热情陪这两个贵客到各个山头考察。

贵客对梁寒和游有击的表现非常满意,给予了高度评价。临走之前表了态:自然环境非常理想,愿意投资,并要乡里派一位代表跟他们回山东去签合同。梁寒因母亲重病无法抽身。乡长游有击就跟两位贵客登上了去山东的火车。

到达目的地后,游有击就被"贵客"绑了双手。那两个所谓的贵客是当地有名的绑匪。当头的叫黄三麻子。

黄三麻子给梁寒挂长途电话,要他拿 20 万来赎人。

大惊失色的梁寒本能地做出了反应:"没钱! 别说 20 万,现在乡政府一万元也拿不出! 就是将我们乡值钱的东西全部拿去卖了也值不了两万元!"

黄三麻子以商量的口气问:"你就不能想想其他办法,比如向银行贷款?"

"没值钱的东西作抵押,银行能贷款给我们?"

黄三麻子恼了,恶狠狠地说:"那你就等着收尸吧!"

梁寒无奈地说:"你想咋整就咋整,反正想要钱,我们想不出办法。"

黄三麻子隔日又给梁寒打电话。梁寒还是很坚决地给予拒绝了。黄三麻子经过认真分析,认可梁寒所说的是事实,方意识到做了一桩赔本买卖。他想,勒索不到钱,把人杀了,犯了命案,不值! 就将游有击狠狠地揍了一顿,并威胁他不准报案,否则将他一家老小做了！

　　侥幸拣回一条命，游有击逃回了山乡，大病了一场。梁寒向他解释了几回："乡里的情况你清楚，我们无计可施！"

　　游有击很理解这些。他苦笑说："这个我懂，我不怪你。"梁寒走后，游有击流下了伤心的眼泪，为自己悲哀！

　　病好后，游有击坚决辞去乡长职务，向亲友借了几千元去深圳闯世界。他发誓一定要混出一个人样来，要想尽办法去挣钱，没钱，命就像草儿一样贱！

　　游有击先在街上摆水果摊。混了一年，挣了两万多元钱。转行开了个小百货商店，生意奇好。他又投资搞了一间山水餐馆。几年下来，游有击竟成了百万富翁。

　　正当人们在感叹他大难不死必有后福的时候，游有击又一次成了黄三麻子的人质。原来这几年来，黄三麻子觉得在农村绑架虽然比较容易得手，但没什么油水，就窜进城里，在一次作案中，意外发现了驾着本田轿车的游有击。黄三麻子兴奋不已，决定再度绑架游有击。

　　今非昔比，有钱底气足的游有击一点也不惊慌。他主动问黄三麻子："想要多少，开个价？"

　　黄三麻子伸出了五个指头。

　　游有击拿出手机叫家人去银行取钱。

　　黄三麻子说："不用了，你将钱汇入我银行户头就行了。"

　　50万元进账后，黄三麻子竟变了卦，他要游有击再汇入30万才放人。

　　游有击无可奈何，只好照办。30万元又进了黄三麻子的腰包。黄三麻子仍不放人。游有击慌了手脚，说："我的家当就这么多了，再要我也拿不出钱了。"

哼！黄三麻子露出一脸狰狞，道："你知道我这么多秘密，我又拿了你那么多的钱，我还能放你出去？"

游有击最终被撕了票。尸体被放进装有石头的麻布袋里，沉到海里去了。这是一年后，黄三麻子被警方擒获时才供出来的。

还在乡下的梁寒知道这事后，感慨无比地说："没钱赎人倒没事，有了这么多钱竟也没将人赎回来，真是想不通！这是什么世道？"

全民微阅读系列

病

年近八旬的秦老太太病重住进医院的消息刚传开，前来探病的人顿时排成了长队。秦老太太的儿子、县人事局尤副局长见状，却感到有些悲哀，现在的人越来越喜欢演戏了！但看到单位同事对老母亲问寒问暖的关心样，他又感动了，母亲还是挺有福气的！假如，有一天，自己躺在病床上，不知会不会出现这样感人的画面？

生活喜欢搞恶作剧。不久，母亲去世。尤副局长上下奔波，安排丧礼，以尽最后的孝道。丧礼画上句号，他也累病了，住进了同一家医院。

该来探病的人，一样准时出现在医院里。在同一个办公室办公的科员纷纷跟尤副局长握手，安慰说："您好好养病，尽快康复，早点回单位来领导我们工作！"尤副局长很感动。

尤副局长平时身体并不坏，但这一病却久治不愈。医院便作全面检查。X光一照，不得了，在他脑部发现一个肿瘤！这可是绝症的信号！

该来探病的人，再次光临医院。科室的部下以向病人作最后一次慰问的悲伤面孔出现在病房里。有两个女的，难过得哭了，抽泣着说："尤副局长，您一定要挺过来！"

探病的人走后。尤副局长暗暗哭了一场，被感动了。

就在尤副局长准备向县委组织部办理移交手续时，专家对他的病做了一次会诊，结果吓了人们一跳，肿瘤属良性的，没事！

虚惊一场！不久，尤副局长回到了单位。但不知怎的，科室的人不仅没有替他化险为夷感到高兴，相反地，却用一种很怪的目光看他。一切便变得有些陌生起来。尤副局长感到很纳闷。

一次，上公厕，无意中，他听到科室的两个人在议论他："尤局这次病得特怪！"另一个却意味深长地说："我看，他这是醉翁之意不在酒！幸好这次，我们都去医院探过他。"前面那个很不屑地说："亏他还是领导，这样下作的方法也想得出……"

接下来尤副局长安排局里的常务工作，便很难顺利完成。几个科员或是推三阻四敷衍了事，或是装作没听见，把事情办得一塌糊涂。他忍无可忍，当众对他们几个大发雷霆……

一切于事无补，一切就变了样。尤副局长有闲就思索这个难题，却一直找不到答案。头，经常发痛。开始，只是阵痛，服些止痛药，勉强可以应付过去。但到了年底，头痛越来越剧烈。这才去医院治疗，一做脑电图，医生吓得跳了起来，那个肿瘤已开始恶化了……

方　便

　　D城S学院的康教授患有轻度的健忘症。这日,他上街给生病的妻子抓药,途经一个肉菜市场时,才发现忘了带钱包。偏偏这时,他一阵尿急,便条件反射地冲向市场边的公共厕所。

　　康教授的勇往直前激怒了以看守厕所为职业的那位大妈。她连拉带拽把康教授拉出来,怒冲冲道:"你这人怎么一点也不懂规矩?"

　　康教授这才知道这是一间收费厕所。他涨红着脸简明扼要地陈述了没交钱的理由,并以商量的口气说:"能不能先行个方便? 至于钱下次会双倍补上!"康教授说话的同时还急急地出示了有关证件。

　　大妈"哼"了一声,把手中的一把散钞在康教授面前一扬,尖刻地挖苦道:"这年头,有谁可以相信? 我只相信这个! 有钱,任你方便! 没钱,就是皇帝老子来,也只有尿裤子的份!"

　　康教授灰溜溜地退了出来。膀胱的胀痛使他慌不择路地寻找新的方便地点。最后,他来到市场一侧的一棵背人的大树下……

　　不幸的是,在痛快淋漓的过程中,他听到背后传来几声不齿的窃笑。笑声令他悚然一惊,脊背如刺锋芒。尿了一半的尿却怎么也排不出来。

　　在以后的日子里,康教授时不时发生"小便故障"。有时,尿意很强烈,但进了卫生间,却怎么也排不出,踏出卫生间的门,尿意又很强烈地冲击着他。搞得他苦不堪言。便去看医生。

大夫诊断一番，认为这是一种新病。从"便秘"的相同症状给其派生了一个新名——"尿秘"。

受"尿秘"的折磨，康教授吃睡不宁，人很快就瘦了一圈。他到周边城市的大医院，看了不少大夫，吃了上百剂药，却没见效果。他常常哀叹："这病是给五毛钱害的！五毛钱咋就能把人害得这么惨！"

在这节骨眼上，D城新建了一座贵族式的豪华厕所。一位老中医建议康教授到豪厕去试试，看看能否收到一些疗效。

豪厕的门票要20元！进入里面，四周摆着五颜六色的鲜花，空气中弥漫着淡淡的香水味，音响放着悦耳的乐曲……

风景倒是不错，但门票太贵，贵得有些离谱！康教授一边赞叹，一边抱怨。胡思乱想，"尿秘"即时又发作了。康教授就有些后悔，白白浪费了20元钱。

在以后的日子里，康教授又用了很多民间秘方，但病总不见好。"尿秘"就成了顽疾。

第二年秋，康教授应D城青雪山破空寺主持方丈之邀，到寺中去考究一段古碑文。

傍晚，吃了晚饭，康教授总喜欢一人到后山的密林中散步。深山幽谷，独自漫步林中，他感到心中浮上了从未有过的安宁与静谧。有时，尿急了，他信手拉开裤子的拉链，把其当作礼物奉献给树木，小便竟异常的顺畅。

在破空寺住了半月后，康教授返回D城，"尿秘"不治而愈。

"便秘"

检验员吴伪调进 A 镇那所防疫站仅两个月,就患上了一种令他羞于启齿的病——"便秘"。

最先发现他得了这种病的是他新婚不久的妻子。周日的早上,他八点钟进卫生间,八点三十分仍不见人出来。妻子又惊又急,担心出什么意外,一脚踹开厕所的门,见他一脸痛苦,尴尬地坐在马桶上,在做最后的努力,就明白了什么。

她立即动员他:"去医院看医生!"

"没用的!"他异常坚决地否定了她的建议。

吴伪一直认为,他会患上这种病是叫厕所给害的。A 镇防疫站是五十年代末建的,不但办公室小得可怜,而且厕所简陋到无以复加的地步。厕所仅有两个蹲位,用两尺高的墙隔开。两个蹲位是面对面而建的,若两个人同时方便,只要一探头,对方的身体特征便可一览无遗。

这所防疫站的男女比例对等,两男两女。站长是一个年过五旬的老头,圆圆的脸,一笑像个弥勒佛,挺慈祥的;但板起脸孔也很威严,给人一种不怒自威的感觉。吴伪对他就有些敬畏。他曾做过很多努力,向这个胖老头靠近一些、亲近一些。但他觉得许多努力都白费了,同胖老头始终有一种看不见、摸不着的东西在两人之间隔着,没法越过。

这种隔膜在厕所展开时,吴伪感到几乎无所适从。每次进厕所，只要看见站长蹲在那里，他的便意就条件反射地暂时消失了。他装作洗手或小解，匆匆退出。直等到站长出来，他再进去。

偏偏站长有个嗜好，每次进厕所必定要带报纸杂志去看。这种嗜好严重影响了速度。令吴伪等得直跺脚，往往如坐针毡。好不容易才轮到他如厕，但这时"方便"得异常困难。

吴伪在极度的苦恼中，曾想出一个办法：抢在站长进厕所前，先把"任务"完成了。谁知，有时他前脚刚进，站长后脚就跟了进来，大大咧咧地脱裤子，眼睛往吴伪身上直探，笑着调侃道："小吴，真看不出来，你的屁股保养得那么白！"

吴伪像被人揭了隐私一样，涨红着脸，非常难为情。情急之下草率了事，匆匆退出。"便秘"就这样折腾成了。他悄悄去看过医生，也吃了十几剂药，但一点也不见效。

"便秘"的折磨，使吴伪吃睡不宁，身体慢慢消瘦。

"真是可怜！"妻子抚着他瘦骨伶仃的身子说，"换个地方，找个厕所建得好的单位！"

吴伪接受了妻子的这个建议。没事的时候就请假外出到一些用人单位的厕所进行一线侦察。

不想，这事才弄得有些眉目，A镇一个酒楼发生一起食物中毒事件，受连带责任，胖站长给降职，但仍留在站里当化验员。站里新调来了一位站长，是个女的。

吴伪感到心里的压力骤然消失了，同胖老头一同上厕所再也不会觉得有什么不好意思，"便秘"竟不治而愈了。

人品至上

小年是位积极向上推崇做人原则的年轻人。

小年的做人原则受到挑战,并遭到最强烈的破坏缘于单位分房。分房是在房改制度出台后进行的。对照文件的要求,单位就他和同一个办公室的老宋有条件也需要参加房改。碰巧的是,单位宿舍就剩下两个套间,一套在三楼,一套在九楼。他和老宋之间的关系恶化,就始于楼层之争。九楼是顶层,夏天房子热得像蒸笼,冬天冷风从头上灌下,房子又冷得像冰窖。因此,三楼是首选。

单位按相关条件给两人打分。小年虽年轻,但学历高,分数不低。老宋学历较低,但工龄不短,也取得了高分数。一算,两人的分数竟一样多。老宋适时提出,老母亲今年已 78 岁,如住九楼,爬上爬下极不方便。小年想到与人为善的做人原则,当即表态:"我回家与小芸打声招呼,她没意见的话,就把三楼分给老宋吧!"

小年的老婆小芸在一家酒楼当服务员,偶尔受一些财大气粗的主儿的气,好心情一天天遭到破坏,凡事变得斤斤计较,吃亏的事就是亲爹老娘来求也不给情面。

小年的个人意见一向她转达,立即遭到她迎头痛骂:"你咋会这么不开窍,往顶层爬上爬下累个半死不说,夏天的空调费、冬天的暖气费还得多掏多少钱?"

小年说:"我已经表过态了!"

"不行!"小芸坚决地说,"你得听我的。"当晚,小芸软磨硬泡,又哭又闹,迫使小年放弃他坚持的做人原则,答应了小芸的要求。

隔了数日,小芸通过在外省一家医院做领导的哥哥弄来了一张关于小年的病历,诊断日期是一年前的。然后,她独自一人来到了小年的单位,流着眼泪将病历呈送给领导。那份病历写着:小年患有轻度的心脏病!

住进三楼的小芸心满意足,住进三楼的小年常感内疚和不安,尤其是看见老宋那年迈的老母亲在老宋的搀扶下,吃力地爬楼,颤颤巍巍、气喘吁吁的样子,小年就暗骂自己不是人!

分房三个月后,已到年底,按惯例单位进行员工体检。领导特别吩咐小年检仔细点。体检表出来,小年身体良好,患有心脏病纯属误诊。

老宋当着众人骂小年:"阴险狡猾!"领导也用异样的目光看小年。小年一句辩解的话都没说,默默地承受着指责和嘲讽。尽管内心痛苦,但他甘愿承受这种惩罚。

小年回家后,还是忍不住打了小芸一耳光。小芸破例没有还手,却哭着说:"房子已经到手了,他们说几句,又有什么要紧的?"

"你懂什么?"小年气呼呼地说,"跟有些东西比,房子算什么东西!"一年后,众人淡忘了此事。小年恢复了自信,他请著名书法家无名先生给他题了一张条幅:人品至上。装裱后挂在办公桌靠着的那堵墙上,以此作为一面镜子,成为自己讲原则的动力和一种鞭策。挂完条幅的当天下午下班前,他还去银行取出 2000元,汇到北方山区的希望工程基金会。

次日上班,小年如常来到办公室,却大惊失色地发现墙上那幅书法作品竟不翼而飞,取而代之的是一张脏兮兮、皱巴巴的报纸,上面用黑墨水歪歪扭扭地写着两个字"虚伪"!

升官第二日

秋夜已深,明天要上早班的人按惯例已钻进被窝。

易丰在床上翻了一下身,"唉!"长叹了一声。今晚在床上,他已连续重复了五次这个连贯动作。这样的动作,终于激怒了老婆:"你吃错药了? 一个晚上翻来覆去不睡觉?"

"我被提升为办公室主任了,任命是下班前公布的!"易丰说。"嗯!"老婆口里应了一声,心里却骂了一句:升个芝麻官就激动得睡不着?!

易丰知道,老婆是个心高气傲的女人,总梦想从一个平头百姓一下被提升为县长! 这怎么可能?

科室一共 8 个人,除了正副科长和原办公室主任外,另 5 人包括易丰都是大学毕业后同时被分配去的。经过两年奋斗,他脱颖而出,成了最先获得提升的科员。他有理由为自己的进步感到骄傲。

老婆说:"我困了,睡吧!"

易丰说:"我心里很烦!"

老婆闻言一下睁大了眼睛,她以为易丰是因激动而睡不着的,便问:"为什么?"

易丰调进单位时,办公室没有专职的清洁工,科长决定由科员轮流值班。几个哥们在大学时懒散惯了,清洁卫生工作干得很不彻底,地上经常有烟头,茶杯的茶渍也越积越厚。偏偏易丰是很爱干净的人。为了弥补这个缺憾,他每天争取提前十分钟到办公室搞卫生,科长见了很满意,就夸奖说:"不错!"不知是说卫生搞得不错,还是自觉精神可嘉。慢慢地,办公室的卫生工作就落到了易丰的身上。

几个哥们可能出于"酸葡萄"心理,不但不感激易丰,还变本加厉搞脏办公室,美其名曰:"为学雷锋的创造条件!"

干了数月,易丰泄气了,决定不干了。碰巧这日早上,局长从办公室经过,见状就很高兴地说:"很好!"接着又意味深长地说:"不要虎头蛇尾啊!"易丰掂量了局长的话,心想不干怕不妥,便咬着牙干到了现在。

"明天上班还搞不搞卫生呢?"易丰在问自己,也在问老婆。

老婆说:"搞又怎样,不搞又怎样?"

唉!易丰长叹说:"搞吧,我现在大小算个头头,这点小事再亲力亲为,人家会怎么说?局长曾经不止一次说过,成大事者不拘小节!如果这事我仍干,就显得太没能耐了!"

老婆说:"那就不干吧!"

"不干?那几个哥们肯定会不满,会说我升了个芝麻粒大的官就摆架子,今后的工作更难开展!"

"这么说,这事倒成了个难题?"老婆说,"活人能给尿憋死?明天找个理由不去上班!"

"提升的第二日不去上班,怎行?再说,新老交替,还有很多工作要交接!"

老婆打个呵欠说:"我困了,要睡觉了。你自己想办法吧!"

下半夜,易丰仍没理出个头绪。人像烙饼一样在床上辗转反侧。迷糊中有些尿急,便起身去卫生间。不料,地砖有些许水渍,一个打滑,他重重摔了下去,右手手臂碰到门框,擦破了一层皮,有血渗出……他急忙回到卧室,找出一段纱布来包扎。看到纱布,他眼睛突然一亮。

第二天早上,易丰右手臂绑起了一层绷带,用一条带子吊在脖子上。像个伤员。老婆惊问何故。

易丰苦笑:"昨晚摔伤了,无甚大碍!"老婆瞧出了端倪,并不点破,望着他出门的背影,暗叹:"可怜!"

进了办公室,见到易丰"受伤",众人都吃了一惊。科长询问了伤势,问要不要休息几日。易丰连说没大碍。接着对几个哥们说:"卫生的事先劳烦你们几位。"有两个起身,把要清洁的茶杯丢进桶中,弄得很响。出了门,一个说:"昨日升官,今日受伤,真是塞翁失马!"另一个却意味深长地说:"世上有些事就是巧!"

易丰感到室内的空气有些沉闷,便起身去开窗户。一阵秋风吹过,窗前的槐树沙沙作响,那黄了一半的叶子不断飘落在地上……

蒋四的一次"奇遇"

城北新区希望路 33 号有两幢高 33 层的住宅大楼。大楼下面的一块空地上放置着三个收集生活垃圾的垃圾桶。

蒋四的工作岗位就是那三个垃圾桶。

蒋四从川西老家来到南方这座富裕的城市闯荡之前,一直在家里种地。蒋四身上有的是力气,把几亩地治理得服服帖帖。家里粮食充足,蒋四心里满足。夜里温上一壶一斤八毛钱的散装白酒,酒酣耳热后上炕搂着老婆睡觉,蒋四觉得日子过得很舒坦。

一天夜里,蒋四喝得脸色微酡,上炕去搂老婆时,却被老婆一脚蹬下了床。蒋四还没反应过来,老婆就骂开了:"就知道喝酒睡觉,整天守着那几亩地,没出息的货!"再骂,蒋四才知道村里的二狗去广东打工几年回来了,说挣了好几万,不仅买回了一台大彩电,而且还打算把那几间旧房拆掉重建。老婆眼馋,逼蒋四也去南方闯世界。

蒋四把几亩地交给老婆打理,他向二狗借了300元路费南下了。初时,蒋四曾到一些工厂去应聘。

蒋四的应聘以全线失败而告终。当他带来的干粮几乎被消灭得一干二净时,他碰到了一位操川南口音的老乡。老乡挑着两个大编织袋走街串巷捡破烂卖钱。看在老乡的份上,他让蒋四也跟着干。

蒋四有些犹豫地说:"捡破烂,这不是比种地还差吗?"

老乡说:"一天好时有几十上百元的收入。"

几十上百元可以买一袋大米,而这仅是一天的劳动所得。蒋四一听不再犹豫。他随那位老乡来到建筑工地安了一个临时的家,立马上班。蒋四也挑着两只旧编织袋,走街串巷,废纸皮、易拉罐,见什么捡什么,第一天,他捡的破烂卖了12元。蒋四心里很高兴,买了一包一元的香烟,还拿出2元想买斤散装白酒来庆贺,但是士多店没有散装酒卖,只好作罢。

半年后,蒋四离开了那个老乡来到城北另一个建筑工地安家,同时,他还创造性地建起了一个工作根据地,那就是把希望路

33 号楼下的三个垃圾桶当作他的个人工作岗位。每天早上和傍晚,居民出来倒垃圾时,他就早早来到垃圾桶旁边守候,将能卖钱的垃圾一一捡出。他的收入由最初的 30 多元上浮到 100 多元。月末,他将钱汇总后寄回家里。

到了年底,蒋四算了一下,捡破烂已挣了一万元。蒋四打电话告诉老婆,说想回去过年。

老婆赶紧说:"不急回来,等攒够了 5 万元能盖房子时再回来。"蒋四依然披星戴月地在那三个垃圾桶里掏来掏去。他的收入却越来越不理想,因为有两位同行也来这三个垃圾桶上班。蒋四每天早早赶去,想抢个先,但是那两位同行比他早到。人搞累了,钱反而挣少了。蒋四想,照这样干下去,回家搂着老婆睡觉还需要很长的一段时间。

这一日傍晚,天下着小雨,蒋四来到垃圾桶时,那两位同行还没到,蒋四不仅捡到了一捆旧报纸,还捡到了一双四成新的雨靴。蒋四把其他废品卖了,独留下了这双靴子,雨天时,有双雨靴穿,方便赶路。

回到住处,蒋四把两个雨靴从麻袋中取出,伸脚去试,看是否合脚,却碰到了纸一样的东西。他好奇地伸手取出,眼却直了。他取出的是一沓百元大钞。接着,从另一只靴子里也取出一沓。一点,一共是两万元。

两万元!蒋四自出娘胎以来第一次拿到这么多钱。蒋四一夜没睡,他把那两万元数了百来遍,一直数到天亮。

天亮后,蒋四去马路边用 10 元钱买回一笼小笼包吃,准备揣着两万元回家。小笼包吃完后,蒋四又决定回家之前去找香来发廊那位叫媚花的洗头妹按摩。

蒋四从住地前往希望路途经香来发廊。名叫媚花的洗头妹总穿得很性感很暴露地站在发廊门口,一边嗑瓜子一边招客。她有时带客人上阁楼按摩。完事后,她衣衫不整头发散乱地从阁楼下来就径直到隔壁的士多买来一罐可口可乐喝。

蒋四盯着她很暴露的胸部,小声问:"空罐子你要吗?"

媚花很不友好地看了蒋四一眼,有些厌恶地说:"不要!"

蒋四就在一边等她喝饮料,同时偷偷看她鼓鼓的胸部,心想:等哪天有钱了,一定要找她按摩一次。

一会儿,媚花喝完了可口可乐,蒋四眼巴巴看着,伸手去拿。媚花却将空罐子扔在了几米远的地上。蒋四慌忙丢下编织袋去捡。身后却是媚花放肆的笑声。

蒋四从两万元中取出 100 元后,把剩下的钱藏好,然后来到了香来发廊。

起床后正在梳理头发的媚花见到蒋四走进发廊不由自主地皱了皱眉头。

蒋四嘿嘿一笑说:"我想按摩!"

媚花吃惊地看着蒋四,怀疑自己听错了。

蒋四又说:"我要你帮我按摩!"同时,他从身上取出了 100 元钱。

媚花想了想说:"我不给你按,你身上很脏!"

蒋四说:"我脏?但是更多人说你身上脏!"蒋四没有把这很想说的话说出来。

媚花看了蒋四一眼说:"别人按一次收 100 元,你身上脏,按一次要收 200 元。少了 200 元,老娘不干!"

蒋四说:"你等着!"

蒋四回去后,心里有些后悔,觉得找媚花按摩一次要 200 元太贵了,有些舍不得。不去又老想着她性感的身材,心里很矛盾。

最终，他决定不去找媚花。

蒋四睡了一个上午，胡乱吃了一顿饭，背着麻袋出去，他要在回家之前再捡一次破烂。

来到那幢楼下，刚放下麻袋，蒋四就被几名保安围住了。那两万元是一位独自住 28 层的老人藏在旧雨靴里的。老人的儿媳妇帮他打扫卫生时当破烂扔了。老人发现后报了警，警察把蒋四列为重点目标，故他一回来就被带回去审讯。

蒋四不会说谎，在路上他就承认了捡到钱的事。警察在他的临时住处取到钱后把他放了。

一夜之间有过一笔横财，一夜之间，两万元横财又不见了。蒋四只觉得就像做了一场梦，心里说不出是啥滋味，只是觉得心里有些隐隐作痛。

第四辑

情海波澜

游戏无规则

　　冬超和雪音的婚姻之舟驶入第五个航道时,亮起了红灯,他们已找不到昔日的激情了。两人如同在夜中行走却迷了路一样,感到沮丧和茫然。

　　"这一定是婚前激情透支过度而出现的暂时疲软!"冬超在反思婚姻质量的同时,想到了一个刺激对方激情的办法:让她缺乏安全感,她将会全身心去经营婚姻。

　　冬超为编造一个虚构的婚外情而奔忙着。下班后没有准时回家,外出应酬的机会也日渐多起来。

　　一个雨夜,冬超告诉了她一个婚外故事:"音,告诉你一件事,你可别生气!"

　　"噢!"正在床上看安顿《绝对隐私》的雪音闻言抬起头,疑惑地看着冬超。

　　"有一个女人看上了我!"

　　"是吗?"雪音淡然一笑。

　　"你不信?"冬超看出了雪音的怀疑,连忙补充说,"她今年28岁,是一位刚离婚的少妇!"

　　雪音又淡淡一笑,说:"她一定是近视眼,要不,怎么会看上你?"

　　冬超没有再说,知道说了她也不信。

　　隔了数日,吃晚饭时,冬超又提起了那个婚外"情人",说:

"她今天又给我打电话了!"

雪音脸色变得阴沉起来:"真的吗?"

"这还有假的?"冬超装作很认真的样子说,"她说要我跟她去旅游,我没有答应她,我说,我是有家室的人……"

"别说了!"雪音粗暴地打断了他的话,饭也不吃了,起身进了卧室。

冬超暗暗一笑,为"计谋"的初步生效而感到鼓舞。

冬超完全没有想到的是,雪音会变得那样激动和失态,全因为接到了一个奇怪的电话。那天夜里约 10 点钟,冬超"应酬"还没回来,雪音接到了一个电话,是个女的打来的。

"你找谁?"雪音说话时,心跳加快。

对方幽幽地说:"我要找你男人!"

雪音问:"你找他有事吗?"

对方嘻嘻一笑说:"我想和你男人睡觉!"

"你……流氓!"雪音正想把对方痛骂一番,她却挂断了电话。

放下电话,雪音的心乱极了。无风不起浪,她想冬超的话不能不信一些了。她一边抱怨冬超的轻率不负责任,一边又感慨婚姻的脆弱。

大约过了半个月,雪音又接到了那个奇怪的电话,电话那头的女人仍重复说:"我要找你的男人,我想和你男人睡觉。"

雪音心烦了:冬超怎么会碰到这么一个无耻的女人呢?内心极度痛苦的她为这场婚姻的走向设计了两个方案:要么用女性的柔情和魅力将冬超从悬崖边拉回来,但这多委屈自己呀!我这不是在用别人的错误来惩罚自己?要么就一刀两断。但现在似乎还未到收拾残局的时候。

否定了这两个方案的雪音选择了离家出走,她登上了去西藏的列车,期望能用大自然的神奇去涤荡自己繁杂的心灵。

旅程无聊,雪音随手买了一张当地的报纸,打开一看,竟读到一则令她目瞪口呆的新闻报道:近日警方破获了一起电话骚扰案,一精神失常的少妇常在夜间电话骚扰一些住户……

雪音丢下手中的报纸,大叫:"停车! 我要回家!"

但呼啸的列车根本无法停下来……

一把锁匙

大学毕业后,他和她同时被分配到同一所学校,同一栋教工宿舍,毗邻而居。

第一次见面,他瞅了她一眼,没有打招呼,拉不开男子汉大丈夫的面子;她也瞥了他一眼,同样没有吱声,她懂得女性的矜持。

世界上有些事情就是这样,有了第一次,以后便照此办理,这似乎是一个不成文的规律。他和她谁都不想打破惯例,工作上没有一丝牵连,生活上也各扫门前雪。

渐渐地,她在他眼中与那些自诩为"骄傲的公主"的女郎无异;而他在她的眼中也成了"冷血动物"。他们一方面既希望对方先开尊口,打破难耐的沉默;另一方面又不免相互责备:"哼,有什么了不起!"

生活有时也真会开玩笑。有一天,她出门忘了带锁匙,从下午放学后,便一直弄到8点多钟,还无法把门打开。

他从另一幢教工楼回来,看到她焦急万分而又无计可施的样子,一种义不容辞的侠义感便油然而生,他走上前去,默默地拿过了她手中的棒子和绳子……最后他沿着房子后面的飘窗从窗口爬进了她的房间,门终于开了!

"吃饭了没有?"带着感激,第二天她第一次破天荒地和他打了招呼。

"吃了,你呢?"他也热情地开了口。

……

"进来,喝杯茶吧!"这天饭后,他招呼道。

"怎么,你原来还会画画!?"她看着桌上那幅栩栩如生的《群猫戏蝶图》,禁不住啧啧称赞。

"哎,晚饭后到我房间来!"下午她热情地邀请他,她母亲昨日托人捎来了一个大西瓜。

"喂,这是你绣的吗?"他指着床上那张绣着鸳鸯戏水的罗帕问道。她微笑着点了点头。

……

日历翻过了一页又一页,弹指就是半个学期。双方的视角随着时光的推移旋转了180°,她在他里已变得聪敏灵秀、心灵手巧、矜持沉稳、温柔可爱。"未来的那个该像她!"他感到心里热乎乎的。

同样,他开始填补了她芳心的空白。"他原来沉稳大方,待人热心,而且多才多艺……"她秀丽的脸上露出了羞涩的红晕。

丘比特一箭把两颗火热的心紧紧地连一起,他们举行了婚礼。当人们要他们介绍罗曼史时,他们相视而笑,感慨万千地拿出了那把锁匙……

牛　杂

市文化局副局长宋一送嗜好吃牛杂。

楼下街边拐角处有一个牛杂档,每天都引来一群十五六岁的少年。有一天宋一送下班后看着那群少年在有滋有味地吃牛杂,他突然也产生吃的欲望,就掏出一元钱买了一串。这一吃竟然吃上了瘾。每天傍晚下班回家,经过那牛杂档时,宋一送就会要上一串,涂上辣椒酱,一边吃一边爬楼。从一楼上到五楼家门口,一串牛杂刚好吃完,心满意足的宋一送觉得这样的生活插曲挺有意思。

宋一送嗜好吃牛杂遭到了一个女人的强烈抗议,这个女人就是他的妻子华一桦。华一桦是市话剧团演员,对衣着打扮言行举止,华一桦一直坚持洁净、清爽、儒雅,这种要求自然要延伸到宋一送身上。华一桦认为一个有身份有地位的中年男人在路上边走边吃零食,不仅是一种不讲卫生,而且是没有修养有损形象的行为。有好几次打开门,见到宋一送嘴唇边残留着星星点点尚没来得及擦去的辣椒酱,她感到一种恶心般的反感和难受。

华一桦先是从卫生角度劝宋一送不要吃牛杂:"报上说了,那街边档不卫生,吃那东西特容易惹病!"

宋一送却反驳说:"那么多孩子吃了,咋就没事? 我吃了那么久,也没见拉肚子闹病?"

宋一送不以为意,照吃牛杂。但是,为了不与妻子发生正面冲突,他稍微改变了程序,每天下班买了一串牛杂站在路边吃完再爬楼。

牛杂味重,宋一送每天回到家,嘴里仍留有牛杂的气息,这令华一桦感到深深的失望。华一桦再从领导的身份和角度劝宋一送不要吃牛杂:"你现在的身份是文化局副局长,站在马路边吃牛杂,像什么样? 你的领导或者你的下属见到你那样吃零食,会怎么想?"

哼! 宋一送一听来气了:"你这是小题大做,有哪条条文规定领导就不能在路边吃东西? 省长蹲在路边吃凉粉、品豆腐脑,我也见过!"

吃不吃牛杂成了宋一送和华一桦不断争论的一个话题。夫妻俩谁也说服不了谁,昔日恩爱的日子变得一片混乱。

这一日,宋一送下班回家,路过那家牛杂档照例掏钱买牛杂吃。卖牛杂的老大妈很抱歉地对宋一送说:"对不起,卖完了!"

宋一送咽了咽口水,回到家里,才知道是华一桦将全部牛杂买了回来。华一桦说:"你要吃牛杂,我不反对,但不要在外面吃,你想吃多少,我给你买多少回来。"

宋一送一听就生气了:"牛杂就是要一串串边买边吃,像买菜一样一买一大堆,吃得没意思,你这样买,我是不会吃的。"

宋一送吃牛杂的固执态度彻底激怒了华一桦。她认为这是宋一送在故意跟自己作对。作为男人,他一点也不体谅妻子的感受。透过吃牛杂这事,华一桦觉得自己在宋一送心目中没有位置了,伤透了心的她决定与宋一送离婚。

宋一送也很生气,他认为妻子反对他吃牛杂,这已不仅仅是吃零食的事。他认为这是妻子在干涉他的自由。作为男人,连这么一点自由都得不到妻子应有的尊重,这样做夫妻没意思。他一咬牙说:"离就离,谁怕谁?"

双方来到民政局。办理离婚手续的工作人员照例要问离婚理由。

华一桦说:"他有在马路边吃牛杂的恶习!"

宋一送说:"她侵犯我吃牛杂的自由!"

工作人员哭笑不得,连说胡闹,要他们回去好好过日子。

华一桦却坚持要马上离。宋一送也说马上就离。工作人员见他们态度如此坚决,只好为他们办手续。离婚证书上离婚理由一行写着:男方坚持吃牛杂,女方反对男方吃牛杂,从而导致感情破裂!

亲了一下

一个普通的星期天的早上,正在二楼家中阳台象征性晨练的李雄发现了一个不寻常的镜头:一个梳着大辫子的女人在跨过马路对面的菜市场买东西时,迎面走过来一个男人和一个小女孩。男人30出头,小女孩六七岁,像父女俩。简单说了几句话后,大辫子女人放下了手中的菜篮子,上前抱起那小女孩,在她的小脸上亲了一下。

亲小女孩的大辫子女人就是李雄的妻子艳婷。李雄的心里就像打翻了五味瓶一样,脸色一下子变得很难看。

吃早餐时,李雄忍不住问:"去市场时都碰到哪些熟人?"

艳婷没注意到李雄脸色的变化,随口答道:"没有!"

"没有?"李雄闻言像遭到欺骗似的,不快地说:"我在阳台上看见你亲了一个小女孩一口!"

噢!艳婷这才醒悟过来,说:"对,是亲了她一下!"

"那个女孩是谁?"

"不认识!"

"不认识?怎么可能?"他一听这话,激动地叫起来。

"真的不认识!"她很平静地说。

"不认识,那你怎么会亲她一下,而且还当着她爸爸的面?"

"那小女孩梳着两条辫子,聪明、乖巧、伶俐,非常活泼可爱,就像我小时候一样,一见到她,我就仿佛回到了童年时光。而且,她一点也不怕生人,一见到我就甜甜地叫我阿姨,我就情不自禁地亲了她一下!"艳婷说着,脸上露出了陶醉的神色。

哼!李雄越想越气,酸酸地问:"小女孩不认识,那男人你总该认识了吧!"

"也不认识!"

"不认识,他怎么会让别的女人亲他的孩子?"李雄像发现了什么东西似的,紧接着问,"你是不是有什么东西隐瞒着我?"

"你……神经病!"艳婷生气了,不再理他。

李雄却没有罢休。他像私家侦探一样,一有时间就赶到全市各家幼儿园或小学去找那个不知名的小女孩。

约莫花了半年时间,李雄真的找到了那个小女孩。不过那个小女孩是一个单亲家庭中的孩子,她只有妈妈,却没有爸爸,那天带她上街的男人是她的舅舅。

有了结果的当天晚上,李雄如实向艳婷说了半年来自己牺牲休息时间去寻找小女孩的经历。末了,他一笑说:"这事想想挺可笑的!"

艳婷听了，眼泪无声地流了下来，说："我一点也不觉得可笑，只觉得可悲！"

"这不能怪我！"李雄说，"现在有一些事挺复杂的，不弄个清清楚楚、明明白白心里怎么踏实？"

艳婷边抹眼泪，边幽幽地说："假如，那个小女孩不是在单亲家庭，那又会怎样？"

"这……"李雄闻言一时也不知该怎样作答。

难言之隐

老伍是一位中学教师。一天夜里他做了一个很可怕的梦，他梦到自己从一个山顶上突然掉进万丈深渊，下面布满了刀尖，肚子被刀尖扎了无数个洞。

老伍在噩梦醒来的那天早上感到下身属于男人隐私的部分开始发痒发痛。老伍的脑海中闪现了两个很可怕的字眼：性病！

老伍像被吓傻了一样，神经质地大叫："他妈的！"骂完哆哆嗦嗦地摸出一根"白羊"吸了起来。吸完一根烟，老伍定下神来，来到楼下推出单车走了几里路找到一家药店，买了一瓶专治难言之隐的药水。老伍的楼下就有一个药店，但是他没有勇气走进去，担心突然碰到熟人，自己的难言之隐就可能会成为公开的秘密。

老伍回到家中，用药水清洗患有难言之隐的地方的同时，他开始回忆究竟是谁将难言之隐带给他的。

老伍的老婆老陆亦在学校当教师,眼里容不下半粒沙子,她像圣女一样要求自己,也要老伍像对待圣女一样忠诚于他们的爱情,忠于他们的家庭。有好几次,老陆在电视新闻联播中看到有关嫖娼的报道,恨得咬牙切齿:"这是人吗? 这样的男人连畜生也不如!"她骂完还不解恨,竟对着画面中的男人连挥了几拳:"去死吧!"老伍有时也挺担心,如果老陆手中有枪的话,可能会走火。

在嫉恶如仇的妻子的影响下,老伍一直以很纯洁的心态在经营着他和老陆的爱情和家庭。外面的灯红酒绿声色犬马与他格格不入。没有涉足娱乐场所,没有同妻子以外的女人有染,怎可能会患上难言之隐呢?

极度痛苦和不安的老伍在反复反思之后,终于想起三天前,他曾到过一家宾馆去看望出差来到这个城市的大学同学。在忆旧的中间,他上过一趟洗手间,坐在抽水马桶上完成了一次任务。老伍想:如果就是这样而使自己患上难言之隐的话,那自己多冤枉啊! 尤其令他感到不安的是,老陆正到外地出差,在这个时段自己患上难言之隐,真是跳进黄河也洗不清啊!

专治难言之隐的药水没有治好老伍的难言之隐。病急乱投医的老伍抱着性病患者忌医的心态,按着厕所上贴着的"包医性病"的街招指示走进了一个私人诊所。诊所是一位老头开的,老头给老伍扎了一针,老伍给了老头 500 元钱。但难言之隐仍在折磨着老伍。老伍有一种上当受骗的感觉,就去找老头论理。老头瞪了老伍一眼,猥琐地说:"你身上的毒太多,是不是几个连着一起嫖?"

"谁嫖了?"老伍勃然大怒,指着老头说:"我这病怎么得来的,我自己也没弄明白!"

老头没看老伍，自言自语道："唉，患了这种病的人，又有几个敢承认是……"

老伍没有再同老头纠缠下去。他在回家的路上突然有一种喝酒的冲动，就找了一家小餐馆，要了一瓶白酒，喝了半瓶，有了七分醉意，之后将半瓶放进单车的车篮里带走。

从餐馆出来已是夜里 10 点多，老伍还没走几步，就被一个打扮妖艳的女人拉住了，她嗲声嗲气地说："大哥，你喝多了，让小妹妹陪你解解酒吧？"

老伍刚想说滚开，但还没开口，脑中突然闪现一个恶作剧的报复念头。于是他跟随那女人走进了一间房子里。

老伍正在体验报复的快感时，几名警察破门而入。手电光、摄像机对着一丝不挂的老伍照个不停。老伍被弄上警车，警车把老伍带到了派出所。老伍通过电话找来一个最好的朋友。朋友带来了 5000 元，5000 元交到了警察手中。警察把老伍放了。

失魂落魄的老伍回到家中时，家里灯火通明，老陆坐在椅子上看电视，老伍吓得大叫："你回来啦！"

老伍说完虚脱般地倒床上躺下。老陆跟着关切地问："病了？"

老伍神经质地大叫："我没病！"

第二日早晨，老陆和老伍在吃早餐时，电视的早间新闻播出了一条扫黄打非的新闻，被抓的男人正是老伍！

老伍抓起一张凳子奋力向电视扔过去，口里大叫："我是被冤枉的，我没有嫖娼！我好冤！"

老陆叫了一辆救护车，老伍被送到了精神病院接受封闭式的全面治疗。

本来没事

文学青年晓心是一家公司的小职员。晓心在参加一次笔会中认识了一位叫小媚的姑娘。小媚对晓心一见钟情。笔会结束后,小媚给晓心写了一封长信,表达她对晓心的爱慕之情。

晓心是一个已婚男人。晓心的妻子多仪原是一间陶瓷厂的工人。后来下岗了,就到市场摆个水果摊,每日挣几十元,以添作家用。

晓心感到妻子的处境很可怜,他不忍心欺骗妻子,他认为作为一个正直的有良心的男人应对家庭对爱情忠诚。于是,晓心挑了一个比较恰当的时候向多仪说了小媚给他写信的事。

多仪不相信,说像晓心这样既没钱又不英俊的男人,除了她这样的傻女人,哪还会有人看上?她说,一定是晓心在编故事。

晓心急了,就将小媚的信拿给多仪看。

多仪的脸色大变。

晓心认为多仪一定是误会了自己给她看信的动机,就连忙解释说,他这样做是为了让夫妻彼此更加信任。

"误会?"多仪却冷笑说,"明摆着的事,还有什么误会的?"

多仪之前一直对自己的爱情感到满意,对自己的男人放心。多仪对男人不放心始于认识了一位卖凉粉的大嫂。大嫂的男人每天准时给她送饭。大嫂说她男人没本事也没钱,但他人老实对她一直很好。可有一天,大嫂告诉多仪,她丈夫嫖娼被警察抓住了。多仪惊得目瞪口呆:这样老实的男人竟然也会干这样的事!

"男人变坏变得太快了,一不留神就做坏事!"大嫂叫多仪把自己的男人看紧一点。

晓心想不通妻子对他这种做法会这样反感。他想,既然妻子对这事有看法,今后就不提它了。

过了几天,多仪却主动问晓心:"那个叫小媚的姑娘还有没有给你写信?"

晓心说:"我写信叫她不要写了,她也就没有来信了。"

多仪怀疑地看了晓心几眼,没再说什么。

过了几天,多仪又问晓心,那个叫小媚的姑娘有没有给他写信。

晓心有些烦了,说:"不是告诉过你,我和她没有书信往来了!"

哼!多仪冷笑:"感情这事,有了开始,能说结束就结束的吗?"

晓心大声辩解:"我和她根本就没有开始,哪谈什么结束?"

"你不要做贼心虚!"多仪冷冷地说,"做了就痛痛快快认了!"

"你……"晓心被气得涨红了脸,却又不敢发作,只大声说,"你不可理喻。"

夫妻间本来挺友好的关系被这一封信弄得很僵。晓心心里别提多后悔:小媚来信,我不说啥事也没有。说出来是希望把夫妻关系搞好,想不到不仅没搞好,反而搞砸了!

再过几天,多仪又问晓心:"小媚给你来信了没有?"

晓心火了,大声说:"别提那事了!"

"怎么,怕了?"多仪却用挑衅的口吻说,"我偏要提,我为什么不提?”

晓心憋在心里多时的怒火爆发了,无法控制,他挥手打了妻子一记耳光。

"你敢打我?"多仪号啕大哭,将晓心的脸抓破了。

多仪那年近六旬的母亲闻讯赶了过来。晓心陪着十二分小心向丈母娘解释事情发生的经过。

丈母娘却不听他的解释,而是将他狠狠地臭骂了一顿:"你还是男人吗? 自己的老婆也打? 算什么狗屁本事?! 我将一个大闺女送给你做老婆,你不疼她爱她,竟然打她,你还有没有良心? 我警告你,若她有个闪失,我非剥了你的皮不可!"

晓心的心里很苦,很悲哀和压抑。丈母娘走后,他跑到外面的一个小酒馆里一个人要了一瓶高度烈酒,将自己灌醉了。

晓心摇摇晃晃走在马路上,嘴里不停地说:"我做错了吗? 我做错了什么? 我想不明白!"

爱情的脸孔

雨虹是在丈夫亮星意外身亡后发现那个可怕的秘密的。

亮星是报社的一名记者。一周前,遭遇车祸,年仅 30 岁的他意外丧生。雨虹在家中清理遗物时,在一个紧锁着的抽屉里发现了一本带锁的日记本。

日记里记载着一个婚外恋的故事,男主人公就是亮星。两年前,亮星到北方的一所城市举办的电影节采访。在这次采访中,他遇到了西北小城一家电视台的女主持人诗韵。

她气质独特,他英俊潇洒。说不清的原因,只在一瞬间,他们就彼此征服了对方,在心灵深处占据着一角位置。

在那几天里,他们像认识了多年的朋友一样,时刻相聚在一起,诉说衷情。

他们谈到了人生爱情,也没有回避各自的家庭。诗韵在认识亮星的一年前结了婚。丈夫在一个机关单位当科长,人很木讷。

亮星从北方回来后,一直坚持写日记,他将对诗韵的无限思念、刻骨铭心的爱意写在那带有风信子图案的日记本上。

看了一半,雨虹感到天旋地转,支持不住,几乎要倒下去。她伏在桌上放声痛哭。亮星在她心目中一直是那么称职、体贴,在认识的男人中显得异常优秀。而这样一个心爱的男人,竟然也会在暗中背叛自己?!

哭毕,她将日记放回抽屉里,锁好。做完这一切时候,雨虹内心深处的悲哀已转化成巨大的愤怒。原本为亮星厮守终生的想法,现在看来是多么幼稚可笑,她认为自己应迅速找一个男人结婚。否则,就太对不起自己了。

一个月后,雨虹到一个婚姻介绍所公开征婚。雨虹这种不近情理的做法遭到了两家长辈的反对,也遭到了一些朋友的非议。

雨虹不解释,她得到了报复的快感,但有时又感觉与一个已不在人世的人较劲,实在没意思。她感到很可怜,很无助。夜深人静时,她常独自一人喝酒,喝醉后,就哭。在矛盾交织中,她也开始写日记,把日记当成了一个冷库,把自己内心这种无法言说的复杂感受全部塞给日记。

写了半年后,雨虹不再写日记了,因为,她已找到了一个男人。对方有过丧妻的惨痛。男人老实本分。雨虹说不上喜欢,也说不上不喜欢,就凑合着交往。

到了年底的时候,两人商定准备结婚。在结婚前的一天夜里,雨虹又想起了亮星的日记本。她打开抽屉,取出日记本,翻看后半部分。到深夜一时,她读到了后记,亦看到了惊奇的一幕:当你看到这本日记时,我一定是不在人世了。这里记载的事是我内心的真实写照,但是,我只不过是精神上的越轨。我被这种另类感情折磨得坐卧不安时,就通过写日记来转移。我想,这是我保持家庭稳定,珍惜家庭的一个无奈的办法!

雨虹跌坐在地上,手足无措地说:"亮星原来是爱我的,我不能对不起他。"

雨虹就找到那个男人,提出分手。男人初时以为她开玩笑,待证实这是雨虹做出的真实的决定,就慌了手脚,哀求雨虹不要弃他而去。雨虹不为所动。

男人无奈,只得放弃。但又觉得像被玩弄了一样,就放出流言:雨虹是心理变态的女人!

周围的人没有一个不这样认为,亲朋好友就劝雨虹去看医生。雨虹说:"我的病医生是无法治疗的!"

爱情草稿

上官非是在天黑时分到局长家去的。到局里上班一年多来,他去过局长家两次,都是局长临时有急事要他帮忙。但这次并不是局长叫他,叫他去的是局长夫人。

大约一个星期前，局长夫人和他通了一次电话："给你介绍一位女朋友。"在电话里，夫人简单扼要地讲了女方的情况，她大学本科毕业，现在一家医院做儿科大夫。人长得漂亮，气质很好，而且父亲还是一间大公司的董事长。

上官非被局长夫人的电话弄得有些措手不及，因为早在半年前，他就有了一位名叫司马虹的女朋友。司马虹是在大学毕业后直接分配到局里来的。借助地利，两位年轻人擦出了爱的火花。司马虹表面是一位热情似火独来独往的女孩子，而内心却柔情似水、缠绵化人。上官非在司马虹制造的爱情香艳的沼泽中常感到一种幸福得窒息过去的感觉。

尽管如此，上官非仍没有被爱情冲昏头脑，他对当代青年爱情的脆弱性和不定之变数有较深的了解，故他和司马虹的恋爱一直是在隐秘的状态下进行的。这一点司马虹非常赞同。因为他们都明白，一旦他们的恋情对外公开，就只许成功，否则的话他们将在单位同事那异样的表情中尴尬地走过很长的一段日子，其结局，不是一个人受到伤害，而是两个人都受到伤害。

上官非在电话这头沉吟了片刻，才有些犹豫地说："我怕自己配不上人家。"

局长夫人听了有些生气地说："你是男人，要自信。我不轻易给人家做媒的，这次做媒十有八九能成。"

上官非不敢再拂局长夫人的美意，先答应了下来。在他答应去相亲之后，他已想好了退路，见过面之后就说找不到感觉。就算是有了个交待。

到局长家时，局长不在，夫人给他沏了一杯茶，有些意味深长地说了一句："来得真准时！"接着夫人又歉意一笑，说："半小时前，那女孩来电话说医院临时来了一位病人，要做手术，走不开，改天再约时间见面。"

上官非听了暗暗松了口气说:"没关系!"然后匆匆告退。

第二天傍晚,他像往常一样约司马虹去看电影。

谁知,司马虹一见他就怒火三丈,提出要和他分手。

上官非丈二和尚摸不着头脑,问:"我做错什么了?"

"我想不到你是一个脚踩两条船的人!"司马虹怒气冲冲地说:"你和我谈恋爱,却又在暗中去相亲,你安的是什么心?"

上官非又惊又气,急急辩解道:"那是假的!"

"什么假的!?"司马虹不听他的解释,"实话告诉你,给你介绍对象的是我舅妈。那位所谓的大夫是虚构出来的,目的是想试探你对我的爱有多真,没想到你……"

上官非闻言目瞪口呆,却又无可奈何。他和司马虹的恋情因这一插曲而宣告结束。

失恋像一把利刃把上官非的心狠狠地挖了几刀。上官非经过一番苦苦的挣扎后终于挺了过来。正当他在想极力忘掉初恋时,司马虹突然又找到他。说经过几个月的失恋痛苦折磨后,她觉得离不开上官非,她表示不计前嫌,要和上官非重修旧好,把爱情进行到底。

"可是,"上官非却冷冷地说,"没有这种可能了,你能原谅我,但我不能原谅你设局对我进行所谓的爱情检验。"

一段看似美好的恋情最终只能成为一页草稿。

现代信游戏

　　杨保和妻子汤美铃的感情危机是从婚后的第八个年头开始的。

　　行云流水的日子,将生活的激情一点点地冲走了。两个人待在一起,干啥都提不起劲,两个人的心头都不觉涌上一阵阵的悲哀。

　　为找回初恋时的激情,汤美铃煞费苦心,带杨保到初恋时常去的公园逛逛走走,到电影院情侣座重温旧梦。但初恋时的那种感觉再也找不到了。

　　杨保觉得老待在家里没意思。晚上,他就常到朋友家去搓麻将,经常凌晨两三点才回家,甚至通宵不归。

　　这不公平! 汤美铃悲哀的心里又徒增了许多孤独和寂寞。渐渐地,她也萌发了外出活动的念头,独自去朋友家玩、去看电影,或者去酒吧,来一回醉生梦死,最好能碰到一位可以一诉哀怨,相互投缘的男人……

　　她想了很久,却不敢出去一次。因为家里还有一个正上幼儿园中班的儿子。为了儿子,她只能忍受心中的悲苦。忍的时间越长,痛苦就越多。

　　一日,单位安排汤美铃到 M 市出差。半个月后,汤美铃回到家里,却像突然换了一个人似的,脸上洋溢着可人的笑容。有时还忍不住哼起歌曲。

妻子的变化令杨保感到疑惑:有什么事会令她这么高兴?

紧接着的事就令杨保由疑惑变为不安:妻子每隔两天就会收到一封寄自 M 市的信。

一星期两封,一个月 15 封。随着信件数量的递增,杨保由不安变得焦虑不安。

为了查清是谁寄的信,一日,杨保提前下班,到邮箱取了那奇怪的来信,仔细研究。信封的字用电脑打的,下面地址只写内详,也没有落款。杨保觉得心里酸酸的。他伸手就想撕开那信看个明白。冷不防,汤美铃从一旁闪了出来,大声道:"杨保,你给我住手!"

杨保尴尬无比,脸上红一阵白一阵。

哼!汤美铃气得全身发抖,说:"我早就料到你会这样做的。现在我警告你,请你尊重我的隐私权。"

杨保除了点头,再也无话可说。

天降红雪

日子一长,寄来的信也越来越多。杨保的忧虑也日甚一日:妻子迟早会被那个痴情的寄信者夺走!心酸不已,他便想起妻子的种种好处,依然年轻、漂亮,温柔也体贴。同时,他也开始反省对这个家做得不够,经常夜不归家,没有尽到该尽的责任。

猛然醒悟,昔日的激情仿佛又回到了杨保的身上。每天上班前,他主动送小孩,下班回来主动做家务。饭桌上,他还常常把听到看到的笑话讲给妻子听,以使她开心起来。夜晚也不再出去搓麻将了。一家三口又过起了有滋有味的日子。

谁也没料到,这一日黄昏,祸从天降,汤美铃去买东西遭遇车祸意外身亡。

料理完后事,杨保清理妻子的遗物,打开装信的那个箱子,他顿时目瞪口呆:满满的一箱信竟没有撕开过,都完好无损地保存在那里。

他迫不及待地撕开了一封,里面装的是一张白纸。第二封也是一张白纸。第三、第四封……全是白纸。

他突然明白,寄信人和收信人是同一个人,那人就是妻子汤美铃。

杨保望着漫天飞舞的纸片,突然放声大哭。哭声让他想起很多遥远的往事。

红　颜

天空灰蒙,浮云欲泣。这是明朝天启七年,汉室江山正蒙受外族爱新觉罗氏入侵的威胁。

初春的一天正午,北京城郊古今说书场照例围坐了不少人。书场案前站着一位身穿长衫的说书人。他年约四十,身材修长,眼神深沉,面容刚毅。他正是京师七大高手之一柳正亭。

"爱新觉罗氏狼子野心,觊觎我汉室江山,凡热血男儿誓与之抗争!"柳正亭说书不言艳情聊斋,只讲岳武穆岳王爷神勇多谋,讲戚继光军勇敢抗倭,讲名臣文天祥忠烈……在说书中传递着一种勇气和抵抗外族侵略保家卫国的豪情和力量。

有人传递了一张纸条。柳正亭打开一看,上面写着几行娟秀的字:先生深明大义,豪气过人,实乃读书人的楷模,是明朝之福,国家之幸啊!

柳正亭抬头寻找传递纸条的那个叫花月红的女子,他不仅看到了一个年约十八九岁的妙龄女子的美丽,而且看到了黑亮的美眸,还看到了一片美丽的心湖和无尽的柔情。

花月红是西郊明月湖红船上的歌伶。她自幼父母双亡。不幸身世令她陷入红尘之中。她一边在接受最庸俗的博取客人欢心的训练,一边又在接受最文明的诗书礼仪的启蒙。

丽质天生,自爱不弃。出入红尘之中,粗俗的脂粉没有掩盖花月红清丽脱俗的面容,尘烟也没有迷离她那晶莹黑亮的眼睛。

花月红每夜在红船上唱莫愁女与莫愁湖,唱出千古一愁;唱杜十娘怒沉百宝箱,唱出千古一恨;唱孟姜女哭长城,唱出千古一悲;唱梁山伯与祝英台,唱出千古一爱……

江面渔火点点,渔工在吼着不知名的号子。红船在纸醉金迷的烟波上荡漾,王孙公子花钱买笑,放浪形骸。哀怨凄愁的歌声只将一人的眼睛打湿,他就是柳正亭!

白天正午,花月红到古今说书场听柳正亭说书,说天地正气,说人间有情。

夜幕降临,柳正亭到红船上听花月红唱大悲大喜大爱大恨。

他们彼此都感到人生之中一段最美丽的章节正在时光的隧道之中延伸。英雄无畏的气概在红颜知己的笑靥中变得隽永而神奇。

情到浓时,柳正亭不止一次萌生娶花月红为妻的念头,但是,他拜师学艺时已在师傅面前立誓:此生只言书,终生不成家!咫尺天涯,爱莫能及,柳正亭的内心被无限的痛楚所困扰。

红颜知己,心性相通。花月红没有抱怨,她安慰柳正亭:"小女子的心将与柳君一生相伴!"

相知如此,夫复何求?

然而,良辰美景太短。终于,柳正亭离开了京城,回到老家江

天降红雪

苏无锡,他母亲病故了!

掉进相思河中的花月红在苦苦地等待重逢。但重逢一直遥遥无期。

明崇祯七年,两名信使在两个相反的方向奔走着,一名是从柳正亭的故乡无锡走向京城的。到达目的地后,他到处打听:"谁是花月红?"

另一名信使是从京城来到无锡。他手举一信,逢人就问:"知不知道有个叫柳正亭的说书先生?"

寻找花月红的信使得到了一个非常可怕的答复:花月红为抗争一位富家弟子的逼婚已自杀身亡。

寻找柳正亭的信使也得到一个可怕的消息:柳正亭说书扰乱人心,已被地方官府处死。

花月红自杀前给柳正亭写了一封信:一切均好,近日将回老家浙江一段时日,然后再去探望先生,望柳君多多保重!

柳正亭在临刑前给花月红也写了一封信:一切均好,近日将去西北方一段时日,然后去看望月红,望你等待重逢的日子。

两个收了重金的信使不敢相信所得的消息是真的。他们仍天天在两个不同的地方奔走着。

一个问:谁是花月红?

另一个问:谁是柳正亭?

一种相思

夜凉如水,秋月憔悴。这是 1125 年北宋的秋夜。京城赵府临近后花园有一间雅致的卧室,微弱的烛光迎风摇曳,幽兰在秋子的抚摸中散发出凄美的气息,令人徒然生怜。

一位中年女人正平躺在床上,脸色苍白,气若游丝,她病了,她病得很重,但是可恶的病态并没有掩盖其清丽的容颜及独特的气质。她是一代女词家清照。

"夫人,你喝点水,好吗?"一名丫环上前,关爱地问。

"什么都不想喝。"清照无力地摇了摇头,随即猛烈地咳嗽起来。

"啊,有血!"丫环用丝帕擦去清照嘴边的血丝惊叫道,"夫人吐血了?"

名医贝逢春是被赵府老管家连夜请来的。

名医贝逢春给清照把脉。

清照时而清醒时而混乱的思绪在时光的隧道中倒流。"蹴罢秋千,起来慵整纤纤手。露浓花瘦,薄汗轻衣透。见客人来,袜刬金钗溜。和羞走,倚门回首,却把青梅嗅。"清照 18 岁与赵明诚结婚,恩爱时光是那样醉人,却又是那样短暂。1121 年,徽宗赵佶下旨:太学生赵明诚赴莱州任职。赵明诚独自一人赴任。

思绪纤细,敏感多愁的清照从此掉进了相思的潮水中。"道人憔悴春窗底。闷损阑干愁不倚。"清照的心被一种牵挂纠缠着,时时刻刻,岁岁年年。她体味到了相思的隽永绵延,也体味到了相思的痛楚无奈。

1124年,赵明诚莱州任期满,准备返回京城与清照了结相思之苦。赵佶再次下旨:赵明诚赴淄州任职,协助地方搞好军务边防,不准带家眷。

这是北宋靖康前夜,金人正在虎视北宋汉室江山。聪慧敏感的词人已嗅到了烽烟的焦味。她预感到了一场战争将随时夺去心爱之人的性命。她的相思上升为焦虑不安,这种相思正在日甚一日地破坏她的健康。

把脉的贝逢春一言不发。把脉后的贝逢春脸色凝重。

清照凄然一笑说:"大夫,我这病怕是无药可治?"

贝逢春无言以对。在这个才华横溢情深义重的女人面前,他连善意撒谎的勇气也没有。

贝逢春来到客厅,赵明诚的母亲赵老夫人正焦急地等在那里。

"久思成疾,忧伤过度,经脉不畅,脾脏遭受重创……"贝逢春摇头说,"回天无力,准备后事吧!"言毕,匆匆告退。

京城较有名的邱大夫、伍大夫随即都被老管家请到府上,随后,他们也如贝大夫一样匆匆告退。

绝望的赵老夫人瘫坐在椅上,浊泪纵流,心头被白发人将送黑发人的巨大悲哀笼罩着。

1125年深秋,京城寒意逼人。名医贝逢春又一次来到赵府。名医敬重女词人的才情,更敬重其多情重义。名医穷尽月余时光,搜寻民间秘方,配了几味新药,期望能产生回天之效。

老管家却告状贝逢春:"夫人病已告愈。"

贝逢春大奇。他让老管家带路,准备再次给清照把脉。

来到夫人卧房，清照已到后花园种兰花去了。贝逢春见桌上有一首刚填罢的新词，是《一剪梅》："红藕香残玉簟秋。轻解罗裳，独上兰舟。云中谁寄锦书来？雁字回时，月满西楼。花自飘零水自流。一种相思，两处闲愁。此情无计可消除，才下眉头，又上心头。"

贝逢春没有再给清照把脉。因为，他确信清照的病已告愈。

当夜，贝逢春在施药日志里写下了这样一段文字：一种相思是一种病，是一种无药可施的病；一种相思又是一剂药，是一剂适合自疗的最佳之药。

第五辑

史海大千

血祭·血魂

这个故事诞生于公元前一千三百年的周朝。

姜禺族首领蛮尤带着一支逾十万人的精锐部队绕赤壁口入侵藏德族辖地古河道。年轻的蛮尤有万夫莫当之勇,号称"中原第一勇士"。大军一路杀来,草木为之变色。

藏德族首领施尤已年迈体衰。连年的战火夺走了族中无数青壮后生的生命。族中现有兵力已不足五万人。军中有一勇士,名岩衡,舞得一手好剑,机敏过人。施尤欲拜其为主帅,统兵御敌。岩衡慑于蛮尤的威势,一时犹豫不决。

施尤眼看整个部族将遭受一场血劫,一时急火攻心,竟口吐鲜血,卧床不起。

施尤有一女,名媚凤,年少貌美。其幼读诗书,通晓琴棋书画。这一夜,媚凤走出深宫,来到岩衡帐内,挥手斥退左右。岩衡尚未明白其意,媚凤已将身上的衣服一件件从容褪去,将光洁如玉的胴体展现在岩衡面前。

岩衡愣了片刻,怒喝道:"公主何以作践自己?"

媚凤却凄然一笑道:"贱妾此身,今日不献与将军,明日亦将献与贼寇,此又何足道惜?战火烧至家园,生灵即将涂炭,何有尊严可言?贱妾此为,思忖日后若落入贼寇之手,苟且偷生,为将军,亦为族人保存一点血脉,以作报仇雪耻之根!"

岩衡面露羞色!脸上的肌肉痛苦地痉挛着。良久,大吼一声,冲出帐外,一路狂奔求见施尤。

次日晨,岩衡率三万兵将开赴赤壁口,其余留守总部。沿途,他兵分五路,筑起了九道防线。

蛮尤大军杀到,骁勇无比。藏德族将士拼死抵抗,但回天无力,节节败退,很快退到了第六道防线。面对着阵前堆积成小山似的尸首,岩衡竟放声大哭。哭毕,他跃出战壕,只身来到敌军阵前求降。

蛮尤闻报,令士兵将其押至帐前。蛮尤仰天狂笑道:"你号称藏德族第一勇士,又为军中主帅,今日何以阵前求降?"

岩衡面有戚色,道:"大势已去,抵挡已成徒劳!大将战死沙场,本是分内之事。况且我乃勇士,死又何惧?!但今日阵前求降,只求将军占领古河道时,免我父母一死,以尽孝道。"

蛮尤道:"我何以信你?"

岩衡从袖中摸出一颗头献上道:"此乃副帅首级,特砍来献与将军!"见蛮尤仍半信半疑,岩衡猛地从士兵身上夺过单刀,只见一弧光划过,他的一条手臂便掉在了地上,鲜红的血喷薄而出。

蛮尤脸色微变。片刻,有人给岩衡止血。蛮尤又狂笑道:"如今,你已是废人一个,我又留你何用?"

岩衡道:"此去古河道尚有数百里路程。沿途,关卡重重。将军若率兵而入,定要折损不少兵力。若我带路,当可势如破竹!"

蛮尤遂大喜,将岩衡留在军中,暗中却派人日夜监视。

过了数日,蛮尤调整人马,准备全线进击。不料士兵来报:岩衡失踪。蛮尤恐其中有诈,下令暂时按兵不动,并调动数百人在军营附近搜寻,一连找了两日,无结果。

这日,黄昏时分。蛮尤来到后山给他特设的茅厕大解。刚蹲下,冷不防一把长剑从下面直刺而上,蛮尤顷刻毙命。几十名卫兵闻声闯入茅厕,只见岩衡正抚剑长啸。士兵始明白,他一直潜伏于茅坑下。岩衡在狂笑声中被卫兵乱刀斩死。

主帅暴毙,群龙无首。姜禹族全线溃退。

捷报传来,施尤不顾病体未愈,亲率族中部众在长江口迎接凯旋的将士。三万人征战,仅三千人生还!

施尤老泪纵流,呜咽着正待颁布嘉奖令。忽见媚凤从人群中闪出,厉声道:"此番征战,岩衡将军含悲忍辱负重,力挽狂澜,战死沙场,使我们免除了一场血劫。小女子亦愿一死,以慰将军英魂!"言毕,纵身跳入江中。

三千将士被其壮烈所震慑,竟齐刷刷地跪了下去……

此后千余载,藏德族骁将勇士一代接一代,层出不穷。

生死一谷

春秋时期,黄河中下游平原分别被河藏族和山藏族两个部落所占领。两个部落为争领地而不断发生战争。

河藏族首领驰优,年过五旬,虽然体弱多病,但有一颗热爱百姓的热心肠,部落之争导致的连年战火令百姓生活困苦,驰优对此心急如焚。他礼贤下士请来谋臣范先,任为重臣,一边发展生产,一边操练军队,等时机一成熟就出兵消灭山藏族,完成部落统一,使百姓能过上安居乐业的生活。

山藏族首领驰勇,正值壮年,他自幼练习武艺,力气过人,生性凶残好色。他用重金请来谋士秦河,任命为副首领,把族中事务和军务都交给他打理,自己躲在后宫和美女日夜饮酒作乐。贪婪成性的驰勇野心勃勃,他也想等时机成熟就出兵灭了河藏族,将河藏族的美女全部占为己有。

河藏族的领地多为山地,族中成员依靠养殖牛羊为生,生产发展比较缓慢。

山藏族则占据着肥沃的土地,以种植稻谷发展生产,生产发展较快。

范先向驰优献计:让族人大力垦荒,广植水稻,加快农业生产,以充实国力。

驰优又喜又忧道:"此计甚好,但何来稻种?"

范先道:"我们挑选1000只种牛种羊与山藏族交换10石稻种。"

驰优准许,即派使者前去山藏族协商。

哼!驰勇不可一世地说:"想跟本首领交换稻种?除非拿驰优老头子的独生女眉娘来交换。"驰勇边说边发出奸笑。

使者回报驰优,驰优气得七窍生烟:"驰勇匹夫敢如此无礼?"当下就准备发兵攻打山藏族。

这事被眉娘知道了。眉娘是一个特别知书识礼的好姑娘。为了全族人的利益和前途,她甘愿做出任何牺牲。驰勇见女儿如此顾全大局,又是高兴又是难过。他含泪将女儿送往山藏族。

驰勇并没有食言,他把眉娘弄到后宫凌辱一番后,将十石稻种交由使者带回河藏族。

驰优和范先见成功换来稻种,高兴万分,便设宴庆贺。正在举杯之际,手下来报,交换回来的稻种竟全是蒸熟的!

"用我爱女交换回来的稻种竟然是做过手脚的?驰勇这匹

夫欺人太甚!"驰优气得怒目圆睁,下令即刻发兵,向驰勇讨回公道。

"首领,请息怒!"范先连忙将驰优劝住,"此时发兵时机未成熟,不仅占不到便宜,而且还有全军覆没的危险!"他沉思片刻,吩咐手下将稻种分散下去,照常播种。

驰勇听闻耳目回报范先将蒸熟的稻种进行播种,不禁大喜。秦河满脸嘚瑟道:"只等秋天,河藏族歉收,百姓怨声载道时发兵,定能一举将河藏族消灭。"

可是,当年秋天,河藏族种下的水稻却大有收获。范先下令,所有稻谷一粒都不准吃掉,所有稻谷由族里以牛羊换回库藏。

驰勇闻报,又惊又奇:"莫非蒸煮过的稻种更能长稻子?!"

驰勇却不知道,当日,范先闻知噩讯,连忙从国库中拿出 100 两黄金,派精悍勇士骑快马去上游的阿丘部落里换回了 10 石稻种,并在夜间进行播种。

范先下令,对播种的秘密进行封锁,违令者斩!接着,他亲自带着 1000 只肥羊到山藏族表示谢意。

秦河装作很抱歉的样子对范先说:"我们族人喜欢将稻谷蒸煮后晒干直接食用。当日,我们误将蒸煮过的稻谷当成稻种交由使者带回。我们首领感到奇怪的是蒸煮过的稻谷为何还能结果?"

范先说:"谷子带壳耐煮,你只要在播种前先将种子放进水里浸泡一个时辰,下种即可。"

秦河对此话感到怀疑,但他想试一试。他亲自蒸熟两石稻种,春季时在一片最肥沃的水田播种。

没想到,这片田里到了收割季节一样迎来了丰收。

秦河却不知道就在他播种后不久,范先派五名士兵扮成山藏族农民混进山藏族中,夜间潜入田间,悄悄地再播种了一次。

驰勇和秦河见蒸熟的稻子更能长稻谷,就下令全族依照此法种水稻。

水稻种了月余,仍不见发芽,百姓见状起疑心,遂挖开泥土,只见稻种已烂掉。驰勇和秦河见中计,又急又怒,忙下令再播种,但因错过了季节,结果,当年几乎颗粒无收,百姓怨声载道,军队丧失了战斗力。

范先率领将士攻打山藏族,仅半月,便使山藏族臣服。驰勇和秦河在混战中被愤怒的山藏族人民杀死。驰优和范先借用稻种计谋打败了敌人,实现了部落统一,百姓从此过上了安居乐业的美好生活。

生死关

公元前 233 年,秦王嬴政令将军吴启率 50 万大军攻打赵国,为一统天下完成霸业扫除最后的障碍。

吴启率 30 万大军兵分 3 路计划取道雁门关,抵达赵都邯郸。雁门关地形险要,易守难攻,素有"生死关"之称。秦军前锋十万人马抵达雁门关后,吴启下令扎营,等中军和后路军抵达后再集中优势的兵力,一举破关。赵国部署在雁门关的守军仅有五万人马,吴启决定以不惜牺牲十万人的代价来破此关。因为只要攻下此关,秦军就能长驱直入,直陷赵都。

秦国前锋抵达雁门关的当夜,安营扎寨,生火做饭。饭毕,累坏的士兵纷纷伏在帐中安睡,吴启也不当一回事,他觉得有大兵压境,赵军绝不敢轻举妄动。夜半时分,突然三声炮响,一员年近六旬长须飘飘的守将率领万余士兵,先猛射一轮带有火把的猛箭,待敌营中起火后,赵军再冲入营中,大声呐喊,砍杀。率领赵军的大将李牧,是闻名赵国的一员虎将,驻守雁门关十载,七败东胡,五驱匈奴。东胡、林胡、匈奴闻李牧率兵把守雁门关,虽有狼虎之心,但十年不敢进犯。

吴启新拜为将,没有把李牧放在眼中,以致被杀了个措手不及。天亮前,李牧退回关内,吴启清点人数,竟然折损了近万人。他气得暴跳如雷,不顾众将的劝阻,立即下令攻城,以雪初战失利之耻。秦军一次一次地冲到城下,又一次一次地被矢石挡回。半日之间,城关固若金汤,秦军却又死伤了数千人。

吴启无法,只好退兵三十里,等到另外两路大军到来再作打算。数日后,后路军尚未来到,却派骑兵飞报吴启:李牧获知秦军进军的消息后,派出五百名士兵将脸上涂得黑黑的,夜中摸进帐里,放火烧军粮。秦军扑灭火后,军粮已被烧了过半。军粮一烧,军心自然涣散。

吴启长叹一声说:"只有班师了。"秦军回到咸阳,嬴政甚怒:"寡人三十万大军竟然破不了五万人把守的雁门关?"

嬴政冷静下来后,竟产生了惜才之心:"李牧如此神勇,是难得的将才,应为寡人所用才是。"

侍臣许望道:"大王,下臣与李牧是朋友,待下臣前去劝降。"

嬴政说:"你有何妙策?"

侍臣说:"自古英雄难过美人关。大王从后宫挑选数名美姬,让下臣带至雁门关,作为厚礼赠予李牧,再好言劝其归顺大王。"

嗜好美色的嬴政认为此计甚好,于是忍痛从后宫挑选百名相貌出众的美女交由许望带到雁门关。

李牧受了"厚礼",对许望道:"你回到咸阳等我消息吧!"

许望信以为真,回去向嬴政交差:"不出数月,李牧定会来降!"

但是一晃数月,李牧那边却毫无动静,急于得到李牧的嬴政斥责许望办事不力。许望道:"也许李牧年岁已高,对美色不感兴趣。不如再送他万镒黄金?"

嬴政道:"若他收了厚礼,仍不来降呢?"

许望说:"他收了厚礼,我就放出风声,断其归路,到时他除了来降已无路可退。"

许望带着万镒黄金来到雁门关。副将对李牧说:"将军,上次你将百名宫女配与单身将士为妻,已留下话柄,今次,万镒黄金决不能接受,否则传到朝中你我都难脱得干系!"

李牧长叹一声说:"关内粮草告急,有士兵要靠干粮度日。我急报朝廷,但迟迟不见发粮。现秦国贿我黄金,先用黄金购粮以作权宜之计。我李牧戎马生涯数十年,一心守边,对朝廷决无二心,全军将士应能体会我的良苦用心,希望大王亦能体察!"

副将默然而退,有泪水从眼中涌出。

许望回到咸阳,一直没有等到李牧来降的消息,嬴政勃然大怒,要杀许望。许望说:"大王得不到李牧,那就把他杀了。下臣有计策可杀李牧。若杀不了李牧,大王再杀下臣不迟。"

嬴政又问有何良策。

许望说:"布谗。"许望乔装来到邯郸,找到赵王侍臣郭开。郭开与李牧有嫌隙,李牧向朝廷请求调拨军粮的奏折正是被郭开压住的。郭开看着许望送来"李牧收受秦国百名美姬,万镒黄金,欲谋反降秦"的消息后,窃笑,盛情招待许望,许望返回秦国时,郭开送给他千两黄金,十名美姬。

郭开是赵王的宠臣。赵王对他举报李牧谋反降秦的奏折深信不疑。赵王问郭开:"该如何处置李牧?"

郭开说:"大王下旨,让李牧回到邯郸,先缴兵权然后处死。"

赵王迟疑了片刻说:"李牧战功卓著,先王曾封他为武安君,并赐他生死令牌。怎可轻易杀他?"

郭开说:"无声无息中杀他。李牧入宫,大王赐他酒,酒中下毒。"

一切如郭开布设的杀局展开。雁门关守将李牧被赵王和郭开暗中诛杀。

吴启率大军再度攻打赵国。秦军来到,雁门关的守军获悉李牧被诛杀的消息后怯而弃关。生死关成了一处空无一人的关口。吴启在关前长叹,再险隘的关口,若没有良将把守,亦形同虚设。

赵王降,秦灭赵。嬴政在读吴启送回的战报时,也在感叹:"百名美姬,万镒黄金竟抵不上一句谗言的作用!"

赵王则在禁地独自垂泪时,终于幡然醒悟:"误杀一名良将,寡人痛失一个国家!"

恐　惧

东周平王五十一年初冬,齐国将军田齐丰率一万将士远征西北边陲,镇压属地边民叛乱后,班师。

这一日,齐国军队来到虎口山下的独孤城,天色已晚,田齐丰下令将士进城后安营扎寨,就地夜宿。

危险在这一刻逼近齐国军队。夜半时分,哨兵来报:城外发现大队人马!

"那一定是秦国的军队!"田齐丰说。

田齐丰丝毫没有猜错,包围齐国的正是秦国军队。原来,秦国获悉齐军的行踪后,便派出大将招武忌率军埋伏在虎口山下的密林中,专等齐军班师后,断其归路。

田齐丰没有猜测到的是秦国军队会来得这么迅速。田齐丰从容地登上城楼瞭望。夜如墨黑,北风呼啸。在城头仅走了五步,田齐丰脸色骤变,看到星星点点的火把,田齐丰已意识到齐国军队已陷入秦国的层层包围。寒风吹来,田齐丰打了个冷战。

秦军这次共出动了三万人马,将独孤城东南西北四个方向包围住。独孤城是一座真正的孤城,城中除了一些流动小贩外,几乎没有居民。城里缺乏后援,守城极为艰难。

秦军如此兴师动众以数倍兵力围攻齐军,目的只有一个,要么活擒田齐丰,要么将他杀死。

田齐丰自幼习兵书,练武术,善武能文,是齐国首屈一指的战将。自 25 岁挂帅统兵以来,他在战场上纵横驰骋 27 年,用兵如神,百战百胜,敌军闻风丧胆。田齐丰赢得了"万骑常胜兵马大元帅"的封号以及"战神"的美誉。在战场上流传着"军中有一田,三万兵甲莫靠前"的说法。

秦军对田齐丰如此忌恨,最直接的原因是田齐丰曾数十次大败秦军,而且五次以一万人马战胜秦军三万人马。田齐丰成了秦国的一块心病,成了秦国完成统一大业的障碍。秦军在不断捕捉机会,现在终于捕捉到了这个千载难逢的机会。

招武忌下令只围不攻,独孤城缺乏后援,粮草不足,不出半月,齐军就会被困死在城中。

田齐丰把自己关在帐中,苦思退敌良策,但没有丝毫良策。以往以少胜多是借助了独特的地理环境或采取奇袭战术。这一次,独守孤城,没有外援,粮草不足,纵有神机妙计,却也无法施展啊!向朝中请求派救兵,这一层田齐丰也考虑过了,但是,从虎口山到都城要走一月的路程,来回两个月,时间否定了请救兵的策略。

田齐丰无计可施。田齐丰坐在帐中喝酒,冷冷的汗水从他的心窝处渗出。他的内心被一种无形而又巨大的恐惧包围着。这种恐惧不仅仅是来自秦军三万兵甲,而更多是来自他"战神"的称誉。他一直认为他只能战无不胜,他不能败,田齐丰的名字不能和失败连在一起。对他而言,百战百胜是平常事,一次失败就将彻底否定以往的战绩。胜败乃兵家常事的说法对他而言是一句废话。他想到了许多恐怖的场面:他兵败回到都城,遭到国君责骂,朝臣讥讽,敌军耻笑……

他几乎不敢想象下去,他感到自己从没有像今天这样脆弱,他几乎不敢相信一直坚强无比的自己原来也有不堪一击的时刻……他甚至悲哀地想,如果这时候一支冷箭射来,射中他的心窝,那也是他此刻最好的归宿。

田齐丰在帐中恐惧独饮时,守城的士兵却谈笑自若,他们没有丝毫的恐惧,因为他们跟随的是战无不胜的大将军,他们深信田将军有退敌妙策。

与齐军士气截然不同的是,秦军士兵士气低落。尽管他们的人数是齐军的三倍,但是他们没有丝毫的优越感,他们对田齐丰的名字有一种本能的恐惧感,他们对这场战斗的胜利不抱任何希望,他们只担心自己在这次战斗中是否会白白丢掉性命。

招武忌也在帐中喝酒。齐军士气高涨令他高度警惕,也使他感到有些恐惧:莫非齐军还有后援?他对自己的包围战略部署产生了怀疑。他想,孤军远征,乃兵家大忌!想田齐丰这样身经百战用兵如神的大将,能犯这种大忌吗?

招武忌越想越感到恐惧,他似乎看到有一支齐军在看不见的地方朝秦军开来。他似乎看到田齐丰在战马上笑吟吟地对他说:招将军,你又让田某为齐国立了一功!

"撤兵!"招武忌气急败坏地下令全军撤退。

"敌军撤退了!"哨兵飞报田齐丰。

"敌军撤退了?哈哈哈……"田齐丰狂笑三声,笑声未了,一口鲜血从他口中喷射而出……

司马迁大事年表散记

司马迁大事年表很迟才开始建档记录。开始记录是在天汉二年,司马迁48岁。

天汉二年冬日的某一天,地冻天寒,长安城被飘飞的雪花完全掩盖。

汉武帝和群臣在殿前商议庆祝新岁和加封宠妃之事。衣冠不整、脸上尚有血迹的步兵校尉陈步乐上殿禀报:大将军李陵征战匈奴,兵败被俘,五千骑兵只有四百人生还!

怒容驱走了武帝脸上的笑意,他将无法压制的怒气立即发泄到陈步乐身上："败军之士,你尚有何面目来见朕?"

经过九死一生逃回来的陈步乐悲愤交集,拔出身上的佩剑当即自刎而死。

武帝怒气未消,质问群臣该如何处置李陵。群臣面面相觑,他们不敢面对暴怒的天子。片刻,谏议大夫陆盖打破沉默："李陵身为名将之后,贪功轻敌,以致兵败,辱我汉朝天威,罪应当诛!"群臣纷纷附和这种意见。

只有太史令司马迁站在一旁一言不发。

武帝有些不快,点名要司马迁发表看法。

司马迁道："李陵亲孝诚信,秉承名将家风,为国家急难而勇于献身,他的素养,有国士的风度。如今,他兵败匈奴,朝臣不顾实际而夸大其过失,令人痛心。李陵举兵不过五千,与单于的八万人马作战,数日杀敌无数。箭尽路绝,他依然冒死跟敌军拼命。五千兵士亦死命效力,即使古代的名将也莫过如此。李陵陷入敌军重围而兵败,情有可原……"

司马迁仍要继续说,龙颜大怒的武帝没让他再说下去。武帝失去了一贯的从容,几乎是怒吼以诬枉皇上的罪名把司马迁打入天牢。

天汉四年的某一天,长安城仍是冰封一片。司马迁在污浊的监狱里度过了漫长的一个冬天。他在狱中反复思考的是父亲司马谈在元封元年临终之际留下的遗命:自东周平王以来,七百余载,诸侯相兼,史记却是空白。今汉兴,四海一统,明王贤臣死义士事迹甚多,父为太史令未能加以记载,时时感到犯有废天下之文史之罪。每念及此,倍感恐惧。望你学孔子考订《易传》,续写《春秋》。

司马迁谨记父亲的遗愿,着手草创《史记》。但是,自入狱以来,他又感到难以完成父亲的遗愿了,因为死亡正一天天向他逼近。

司马迁的预感是对的。在天汉四年春季的某一天,武帝重新审视派李陵攻打匈奴的战事,他认识到自己在战事部署上有失误,心中有悔。于是下旨派将军公孙敖前往边塞,伺机营救李陵。

公孙敖没有能力营救出李陵,却带回一个令武帝暴怒的消息:李陵已变节投降匈奴,并帮助匈奴练兵对付汉朝。

武帝心中的悔意被怒火替代,当即下旨将李陵母亲妻儿等满门抄斩。

大夫陆盖应诏入宫。武帝征询该如何将司马迁处死。陆盖说:"直接下旨处死司马迁有辱圣驾声誉,皇上可将自刎之刀交到司马迁的手中,逼其自绝。"武帝采纳了陆盖的意见。

天汉四年夏季的某一天,陆盖到狱中宣旨:"太史令司马迁身为史官,以谬论抨击朝政,欺君犯上,犯诬枉皇上之罪,按律处死,秋后问斩。"

陆盖用一种复杂的目光看了司马迁一眼,又补充说:"依我朝例律,犯死罪者,可选择腐刑免死或交纳五十万钱赎罪。"

天汉四年的夏天,长安城酷热无比。据《汉书·律历志》记载,当年夏天奇热无比,为五十年未遇。身处于闷热而污浊狱中的司马迁却感觉不到丝毫的热意。他的心像塞满了冰块一样,只感到无比的冷。他的生命历程在这一年没有经历过盛夏,而是经历了两个寒冬。

天汉四年初秋的某一天,酷暑已被秋风扫去。车骑校尉董元前来探望司马迁。董元是司马迁父亲司马谈交往多年的密友。

董元说自司马迁入狱以来,他就一直在设法营救。他家中有多年积聚下来的十万元。为了筹钱,他将一处祖屋卖了十万钱,将年仅十四岁的女儿卖入青楼，得钱十万。

"公子放心，我能设法筹到五十万钱！"安慰司马迁，他自己很明白要再筹到二十万钱比登天还难。

司马迁握着老人的手无比感激地说："董大人，您无须再为我奔波。我已决意受腐刑！"

董元倒吸了一口冷气说："公子，宁可请死，也不能如此受辱！"

"不！"司马迁一脸冷峻地说："懦弱的人若仰慕节义，也懂得偷生换死节的界限。奴婢亦能为某种追求而去自杀，勇敢的人不必以死殉节！"

天汉四年初冬的某一天，武帝接到密报，将设法营救司马迁的董元削去职务，逐出长安，将三十万钱收入国库。武帝可能知道也可能不知其中的十万钱是董元把女儿卖入青楼而得来的。

天汉三年严冬的某一天，司马迁在"蚕室"中受腐刑。据执刑者回忆，整个过程，司马迁一脸平静。剧痛无比的刑罚，他也没有叫过一声，令执刑者感到不可思议，更感到恐惧。

征和二年初冬的某一天，司马迁完成了从太初元年就开始草创的史书《史记》。该书上至轩辕、下至武帝太初年间，历时三千年，全书130篇，52万字，是一部旷世奇书。

征和三年初冬的某一天，司马迁的朋友任安被判处腰斩。刑毕，抄家，抄到司马迁写给任安的一封书信，武帝阅后震怒，认为信中有诬枉皇上的言行。

征和三年残冬的某一天，司马迁喝下了武帝赐给他的一杯毒酒。

司马迁的大事年表在他五十六岁的这一年过早地画上了一个并不圆满，但或许他认为是圆满的句号。

乐师屈河

半边残阳斜照在黄沙古道上，一驾奔跑的马车在飞扬的尘土中若隐若现，颠簸前行。

马车上坐着一位五十来岁的干瘦老头。老头是个盲人。盲人是名满天下的乐师屈河。屈河布满皱纹的脸上写满了焦急的神色。

"到楚国的都城，还有多少路程？"屈河问马夫。

"大概还有 300 里，五天的路程！"马夫不耐烦地答，因为一路上这个盲老头已多次重复问这个问题。

马夫是无法理解屈河此刻焦急的心情的。屈河如此昼夜兼程从秦国赶回故土楚国，目的只有一个，那就是向楚王报告：秦国大军准备入侵楚国！

而实际上秦国上下一派风平浪静，没有丝毫迹象表明秦国将起兵伐楚。屈河却感到这平静的表面中一场可怕的战争正在逼近楚国，因为屈河有一双具有超凡听力的耳朵！

屈河出身于楚国一个官宦之家，父亲曾为楚庄王令尹。他三岁习琴，十岁师从一代乐师卓音玄。至十八岁，屈河通晓各种乐器，精通各种乐曲，成了闻名楚国的乐师。

一日，屈河和卓音玄坐在堂前畅谈音律。突然远处传来一阵又一阵的哭声，哭声令人揪心。

屈河听到哭声，不由长叹不已。

卓音玄问:"为何如此嗟叹?"

屈河说:"此种哭声,声音悲哀,不但是哭死别,而且是哭生离!"

卓音玄问:"你何以知道?"

"这种哭声像完山之鸟哀鸣,"屈河说,"完山之鸟养了四只小鸟,小鸟慢慢长大,羽翼渐丰,将要分飞到四海去,母鸟送别小鸟,鸣声如人之哭声,极其悲哀,因为母鸟与子鸟从此生死两别!"

卓音玄派一弟子去探问远处之人为何而哭。弟子回报:哭的是一中年妇人。妇人说:"丈夫死了,家里很穷,没办法,只有卖儿葬父。现在正同儿子分别。"

卓音玄称赞屈河听力聪敏,有心推荐他入朝为官。屈河却婉拒说:"乐师最大的乐趣在于音律,弟子无意为官!"

25 岁,屈河辞别恩师,独自一人进入深山密林。采集天地灵气,在大自然的怀中抚琴,屈河感到快意无比,他对音韵的感悟能力日臻至深。

35 岁,屈河从大山深处走了出来。屈河本有一双明亮的双眼。走出大山的屈河已成了一位盲人。是屈河自己使双眼失去光明的。对音律有超强感悟能力的屈河在追求一种至纯至美的音质境界。他躲进深山就是要摒除尘世的诱惑,他要使自己心无杂念,心静如止水。但是,明亮的双眼令他感受到太多诱惑的东西,比如娇美的女人,比如华丽的殿堂……于是,他近乎残酷而悲壮地自戕双眼。

失去双眼的屈河却感到这世界仍然是美好的,因为他有一双超凡的耳朵。他用耳朵在感受音律的纯美与人生要义。

屈河开始周游列国。所到之处,备受欢迎。他与爱好音乐的人一起交流心得,一起吹箫抚琴。

秦威王九年，屈河来到秦国都城。夜晚，投宿于一家客栈的屈河被一阵琴声唤醒。屈河从床上翻身坐起，忙唤来店小二。问："琴声从何而来？"

"是从大将军府传来的！"小二不假思索地答道。

"你可知是何人所奏？"屈河再问。

"一定是大将军岳厉所奏！"小二续答。原来，秦国大将军岳厉亦精通音律。不知为何，近半个月以来，每临夜半，岳厉都到后花园抚琴。雄浑的琴声几次将客人吵醒。

屈河一夜未眠。次日一早，屈河雇了一辆马车直奔楚国。屈河从岳厉的琴音中听到了一种骇人的霸气和杀气，听到了杀伐之声，听到了一种统兵征战前的兴奋焦虑躁动不安的心跳。他还以特有的听力辨别出岳厉是背朝秦国面向楚国抚琴的，楚国是秦国起兵的目标！

经过一个月的昼夜兼程，屈河终于回到了楚国。

楚王为屈河的忠心报国所感动，但是，他又不太相信屈河的判断，因为屈河是个盲人。

"大王，草民虽然眼睛看不见东西，但我的耳朵已代替了我的眼睛。"屈河不慌不忙地说，"大王，可以作个测试。"

楚王说："如何测试？"

屈河突然问："大王，你可否听到琴声？"

"琴声？"楚王愕然道，"哪里有人抚琴？"

"草民闻到了琴声！"屈河说，"后宫有人正在抚琴，若没有猜错的话，她一定是大王的夫人。她弹奏的是《挽歌》，琴声哀愁凄婉，似在思念故去的亲人……"

"妙！"屈河话音刚落，楚王赞道，"屈先生听力非凡，天下少有！"原来，楚王早朝前，夫人丘氏对他说要抚一曲《挽歌》以表达对早逝姐姐的哀思。

楚王下令在要塞部署重兵。两个月后,秦国果然派岳厉率16万大军大举入侵楚国,被早有准备的楚军杀得大败而逃。

乐师屈河用一双耳朵使楚国解除了一场亡国危机。

诛晁错

吴、楚七个诸侯国起兵叛乱,兵逼长安几乎是一夜之间的事。汉景帝刘启得到兵戎告急的消息时,50万叛军已兵临长安城下。吴楚七国如此兴师动众,只为杀一人:"清君侧,诛晁错",这是其起兵的目的。

晁错是西汉重臣,景帝刘启的老师。晁错幼时随郑国儒生张恢学法。18岁时云游到秦国,相国商鞅慧眼识才,收下了这位天赋奇佳的学生。秦亡汉兴,晁错入朝,得到文帝重用,任太掌掌故。晁错审时度势,针对连年战乱、国库空虚、人民生活困顿的局面,给文帝上了名垂千古的《论贵粟疏》一书,成为文帝励精图治的指针。32岁的晁错声名鹊起,被文帝起用为太子家令,教太子刘启治国方略。

公元前156年刘启执政,晁错被任命为御史大夫。晁错仍提出纳粟受爵的主张,建议募民充实塞下,防备匈奴的攻略。景帝甚喜,不止一次在朝中称赞晁错:"晁爱卿实乃朝廷重臣,远虑深谋治国方略。"

晁错又针对诸侯力量强大威胁朝廷的不利局面,提出削夺诸侯国的封地,巩固中央集权制度的主张,景帝欣然采纳。

然而,这个主张像一把利刃一样刺进了吴楚等七个诸侯国的心脏。经过一番密谋后,七国倾尽了全力前来问罪。

大兵压境,景帝召来群臣商讨对策。群臣面面相觑。西汉将匈奴当成重敌,故重兵都分布于要塞边城之中把守,长安城中包括御林军在内只有 8 万人马。调集其余人马,已鞭长莫及。50 万大军与 8 万人马对阵,结局可想而知。长安城危在旦夕,西汉江山摇摇欲坠。

右将军袁盎看了晁错一眼,说:"圣上,吴楚等七国叛兵声言只为晁大夫一人,只要交出晁大夫,他们就可退兵。如今之计,强兵压境,形势危急,为我大汉江山,下臣想也只有一个办法,那就是牺牲晁大夫!"

刘启闻言,龙颜大怒:"袁盎一派胡言,晁大夫是股肱之臣,岂能诛杀?若谁再敢提此事,朕先杀了他!"

群臣莫不敢言。袁盎却脸无惧色,问晁错:"晁大夫,那你可有退敌良策?"

晁错无力地摇了摇头:"此刻兵力相悬过甚,若是孙膑再世,亦难有退敌妙计。唯一办法是派人传话,提出宽限数日再作答复,以此拖延时间。"

事至如今,刘启说也只有这样。

退朝回到家中,晁错闷闷不乐,猛想起当年在秦国学法时商鞅曾赠给他一个锦囊,称不到紧要关头不要打开。晁错急急取出,打开一看,却是商鞅所书的《法家之死》:变法图强,乃国之所望,民之所愿,但都为利益招致损者的嫉恨,故法家死于非命者多,此可谓法家之殊途同归,此亦是法家的悲剧命运使然。今如此,后亦然!

晁错正在暗赞商鞅的独到见解时，管家脸无人色地跑来禀报：袁盎带着一万人马把晁府围了个水泄不通！

锦囊从晁错的手中滑落，摔在地上，晁错急急随管家来到府门前，沉声道："袁将军奉了皇上之命前来？"

"正是！"袁盎绷着一块脸道："圣上不想让你太过伤心绝望，让我以将军府之命拿你，但我想这事瞒不过有智囊之称的晁大夫！"

晁错长叹一声道："死我一人保全社稷。但今后若叛军再度起兵，不知又有何人可杀？我想面见圣上。"

袁盎说："本将军好不容易才说服圣上。为免节外生枝，大夫的愿望本将军实在难于满足。"

晁错又长叹一声，令人取来纸笔，给景帝留了一封书："积羽沉舟，群轻折轴，众口铄金，积毁销骨，时势弄人。晁错无罪，却死于非命，晁错忠君，竟死于君手。晁错本无错，利益如利刀，审时未度势，逼死我晁错！但时势之事又有谁能预料？"

写毕，晁错将笔掷于地上，狂笑三声。

袁盎将晁错带到阵前，手起刀落。

吴楚七国带着阴谋得逞的窃喜退兵而去。袁盎松了一口气，急急回宫复命。景帝刘启和群臣正在殿前议事。

闻听诛杀了晁错，刘启龙颜大怒，怒道："大胆袁盎，竟敢私自杀朝中重臣？"

袁盎一听大惊失色，急急跪下，辩道："皇上，臣不是在执行……"

刘启未容袁盎多说，即令殿前侍卫将袁盎揪出，午门斩首。然后将晁错厚葬。景帝亲扶灵柩，披麻戴孝，哭得像个泪人。

送 药

南宋绍熙四年春,越州山阴遇大旱,草木枯萎,赤地千里,了无生机。

坐落在山阴镜湖之滨西村的陆府内,两棵杨树被太阳暴晒干死了,但是,管家陆福无暇顾及这些,因为陆府的主人陆游生了一场重病。卧床月余,服药百剂,陆游的病时好时坏,没有康复的迹象。

陆游在病榻上昏睡,他已经70岁了,头发白了大半,身体日渐消瘦。自淳熙十五年退居山阴以来,陆游虽然身体每况愈下,但身处江湖未忘国忧的雄心支撑着他积贫积弱之躯,他一直没有病过。二月前,临安传来急报,金国派老将韩邪律率兵八万进犯南郑边境。南郑守将王忠主张御敌于境前。大臣林绪无却力主议和。对战事没有半点胜算把握的光宗便令林绪无带上黄金千两、美女百名前去议和。王忠愤而自杀。

"男儿到死心如铁,报国欲死无战场!"把抗金复国的大业当成毕生追求的陆游被这一耻辱的战报彻底激怒了,也激病了。

陆游仍在昏睡,他的思绪时而清醒时而混乱。梦中,他把时光倒回乾道八年,陆游48岁,屡次上书矢志抗金的他感动了孝宗皇帝,他被任命为四川宣抚使公署干办公事兼检法官。在南郑前线,陆游数次率兵参加对金兵的抗战。在疆场上,他奋不顾身英勇善战的英姿令金人惧怕。金军元帅韩邪律也惊诧地说:陆游乃一介书生,疆场之上,如此神勇,真是罕见!

陆游在南郑从军戍边,匹马征万里,气吞胡虏,彻底打乱了林绪无力主的议和阵线。林绪无给孝宗上谏,说陆游抗金弊多利少,不能不防他拥军自重。孝宗下旨,从军仅半年的陆游被迫离开了南郑,来到成都,任安抚司参议官。

数年之后,陆游又遭贬黜,他退居山阴。壮志难酬,请缨无路,陆游把一腔激愤溶于诗词中,他一次又一次发出了"胡未灭,鬓先秋,泪空流"的长叹。

陆游的长叹传到临安,林绪无甚怒,说陆游的请战之声盖过了议和之声……

"老爷!"陆福焦急的声音把陆游从沉思往事的梦中唤醒,"门外,有两名自称是金国的使者求见!"陆福请主人示下,见还是不见。

陆游闻言,怒目圆睁,从病床上一跃起身道:"带他们进来。"

陆福带两名金国使者进来时,陆游已换好衣服端坐在客厅里,跟病中的他好像换了一个人似的。

两名使者自称是元帅韩邪律帐下的亲兵。一名亲兵说,尽管韩邪律对力主抗金的陆游非常忌恨,但对他忠心报国却非常敬佩。今得知陆大人病重,特地送来金国的几种名贵药材,献与陆大人治病。

"跪下!"金国使者话音刚落,陆游勃然大怒,说,"金国掳我二帝,犯我边境,侵我国土,残害我中原百姓,游誓与胡人势不两立。见到胡人,来一杀一。哪怕胡人送我黄金万两,也决不破例!"

言毕,陆游提起一把大刀,挥手一劈,一名金国使者即时身首异处。

另一名使者见状，吓得浑身发抖，忙跪下磕头说："陆大人饶命，我是受林大人之命前来送药的！"

原来，害怕陆游抗金的林绪无欲除掉陆游而后快。他绞尽脑汁想出一条奸计。从战俘中挑选了这两位亲兵，扮成金国使者登门送药。事成之后，再以暗通金人的罪名治陆游的罪。谁知，病中的陆游见金人如见仇人，刀劈使者，另一使者被打了五十棍，逐出府门。

使者带了陆游的一封信回报林绪无。陆游在信中写了两句诗："放翁七十斩胡虏，北进中原是终途。"阅罢，林绪无气急败坏，将那名使者杀了，他担心陆游上本弹劾他，惊怒交加中，他大病了一场。

斩杀使者的当天夜里，雷电交加，大雨滂沱，久旱的山阴迎来了一场罕见的大雨。

陆游在雨中写下了名垂千古的《书愤》。

当天夜里，管家陆福在府门口见到一封书信和两包药。信是韩邪律手书，称陆游虽是金国最强大的敌人，但是，他素来敬佩陆游的爱国精神和无畏斗志，闻陆大人病危，特地送来金国名贵的药，望能治好陆大人的病。

前来送药的金国亲兵在半途听到陆游刀劈使者之事，大惊失色，将书信和药丢在陆府门前，就落荒而逃，回去复命。

陆福担心主人见到书信和药后又生气，于是私自做主，把金人送来的书信和药一把火悄悄地烧掉了。

需要多种声音

南宋嘉熙四年,监察史赵谦和内阁大学士袁节洲联名上书理宗赵昀:吏部尚书马挺耽排斥异己,提拔奸佞小人为官,由其一手提拔的东阳县令康禄昏庸无才,且又贪婪成性。一个月前,为霸占一财主的祖传玉翡翠,康禄假公济私,制造冤狱,将那财主以莫须有的罪名处死。追根溯源,马挺耽用人失察,扰乱朝纲,危害社稷,应削去官职,交由刑部审理。

赵昀阅完奏章,正在沉思之际,贴身太监朱银来报:马挺耽求见。赵昀不禁惊奇:马挺耽的耳目竟如此灵通?!

赵昀不知道就在他阅读赵谦密奏时,太监朱银已派人向马挺耽通风报信。朱银既是赵昀的耳目,也是马挺耽的耳目。

赵昀一脸怒色地将奏章丢在地下,怒道:"马卿,可有此事?"

马挺耽跪在地上磕了几个响头,挤出几滴眼泪,哭道:"圣上,康禄一案,臣确实负有责任,但是,不能由臣负全部责任。提拔人才过程复杂。康禄未提拔为县令前,品行端,才学高,上任后财迷心窍,才变质作恶,还请圣上明察。"

朱银在旁悄声说:"圣上,康禄的任命书是您批的,如果……"

赵昀待了片刻,有气无力道:"明日早朝再议。"

次日早朝,马挺耽第一个启奏:"提拔康禄臣的确有失察之处,臣愿亲自监斩康禄,以补过失。"

赵昀正要准奏,赵谦从队列中走出,朗声道:"启奏圣上,马挺耽不但用人失察，而且与康禄一案有牵连。臣闻康禄作恶夺来的翡翠正是为了送给马挺耽，而且那翡翠现就藏在马挺耽的府上！"

赵昀又惊又怒，问："马卿，可有此事？"

马挺耽脸无人色，声音颤抖，说："赵谦血口喷人！"

哼！赵谦一声冷笑道："圣上只要派人到马挺耽府上搜查，即可辨真伪。"

半小时后，刑部捕头递上了那颗翡翠，证实是从马挺耽卧室里搜出来的。马挺耽即刻被捕下狱。

赵谦等第二次联名上书理宗：亲贤臣，远小人，这是治国之道。自夏朝建朝以来，奸佞小人扰国乱民之事已时有发生。马挺耽欺君犯上，奸佞作恶，应处斩，以正朝纲！

赵昀似有所动，但又有所犹豫，一时举棋不定。心有所忧，寝食不安。朱银挑了一个雨夜，在给赵昀捶背时，向他吹耳边风："圣上，马大人一案，依奴才见，纯属个人恩怨。"

赵昀闻言，睁开眼道："此话怎讲？"

朱银媚笑道："赵大人与马大人素有过节。两人互相攻击已有一段时日了。这次，赵大人欲置马大人于死地，做足了准备工夫，不然，马大人家中藏有翡翠，连圣上都不知道，他又怎么会知道？"

赵昀不语。朱银续道："此事小题大做。一个朝廷，不能只有一种声音。只有一种声音，时间久了，就会盖过圣上的声音。有几种不同声音的时候，就有争议，是非曲直就需要圣上去定夺。圣上的威望和英明才能得到集中的发挥和体现。"

两个月后，赵昀不顾赵谦等望臣的强烈反对，下旨释放马挺耽，并让其官复原职。

佛　门

　　南山翠屏峰有一古寺,名浮空寺,建于大唐乾封三年。古寺建在翠屏峰的悬崖上,甚小,仅有小小的神殿和几间僧舍。崖上树木甚多,松柏婆娑,菩提枝繁叶茂,将偌大的一个浮空寺掩蔽其中,浮空寺于世人似有似无。

　　浮空寺僧人不多,香客更是稀少。浮空寺与山外的唯一通路是登山石阶,共 9999 级,从山下到寺中进香,往往得走整整一天。浮空寺住持慧园大师是位得道高僧,不仅精通佛法,而且擅长医术。偶尔,有百姓搀扶患重疾的亲人登上寺门请慧园大师把脉问诊。佛门与尘世的往来亦显得断断续续。

　　这一日,是入冬以来最冷的一天,刺骨的寒风在崖顶刮过,枯叶漫卷,南山一片萧瑟。正午时分,一年近四旬的彪形大汉登上了浮空寺。一进寺门,即要求见住持。

　　其时慧园大师正在后山面壁。寺中诸事交由当家师傅了悟处理。

　　"施主求见方丈,有何要事?"了悟问那大汉。

　　"我要出家当和尚!"

　　噢! 了悟闻言,仔细打量彪形大汉,只见对方浓眉大眼,样子憨厚,但是,大汉身穿的粗布衣染满血迹,更令人惊心的是他手中还提着一把杀猪刀,刀上亦有血迹。

　　了悟大惊,暗自猜测此人可能血案连身,想借佛门避过大难。

这样一来,本寺卷入其中,岂不是惹火烧身? 当下,他便下逐客令:"住持云游外出,施主请回吧!"

彪形大汉闻言,甚是失望,他心有不甘,问了悟:"那我能不能留下来等住持回来?"

"万万不可!"了悟说,"本寺太小,无法招呼施主的食宿,施主趁时辰尚早,速速下山吧!"

彪形大汉长叹一声,一步三回头,恋恋不舍地离去,脸上写满了绝望和无奈。

望着彪形大汉凄苦的身影,了悟不由得想起了自己的身世。了悟出身官宦世家。在他三岁时,在朝廷为官的父亲误中奸臣圈套,卷入一宗谋反案遭诛杀! 老管家为保住这一家族的血脉,带着三岁的少主人四处逃亡。朝廷派出大内高手追缉。亡命天涯两载,老管家不堪重负,自忖难逃此劫。他背着少主人来到海边,老泪纵流道:"天地之大,竟然无处容身?"言毕,准备跳海自绝。

"阿弥陀佛!"云游到此的慧园大师道,"天下之大,佛门无边,少主人可皈依我佛!"

老管家诚惶诚恐地说:"多谢大师恩德。只是我家少主人牵连重案,劫难重重,担心累及贵寺!"

"老施主何出此言?"慧园大师双手合十道,"佛门宽阔,即使是造孽之人,只要放下滴血的屠刀,心中动了悔心善念,均可皈依我佛,何况一个五岁幼童?"最终,五岁的少主人被慧园大师带上了浮空寺……

念及身世,了悟甚觉不安,他冒着破坏大师清修之忌来到后山向慧园大师禀报见到彪形大汉的经过。

"往来皆是有缘!"慧园大师喃喃道,"了悟,你犯了一个大错!"

了悟惊愕地问：“弟子不明白，犯了何错？”

慧园大师却道：“了悟，你速速下山，将那名大汉寻回本寺！”

了悟见大师说得如此郑重，不敢多问，带着满肚子疑惑下山。他用了两个月的时间，于次年春将那名大汉寻回寺中。那名大汉是个屠夫，迫于生计，每日早出晚归奔波于市井之中。妻子吴氏，独守家中，颇感寂寞。怨恨之间，竟被一货郎勾引而越轨，他俩常趁屠夫外出之机而在家中幽会。一日，被提早回家的屠夫撞见。憨直的屠夫被气红了眼，找来一根绳子将两人赤条条绑了，再提来杀猪刀准备将两人杀了。货郎和吴氏吓得浑身发抖，眼中涌动着羞辱、哀求的泪水。屠夫终不忍下手，将两人放了，但是心头仍被仇恨塞满。他找来一头肥猪，将它一刀捅死，将其肉捣成泥！做完这一切，他感到万念俱灰而产生了出家的念头。于是，他沾满猪血的衣服没脱就直奔浮空寺。

“心生善念，即是佛缘！”慧园大师亲自为屠夫剃度，给其取法名悟尘。

了悟像是明白了什么，又觉得什么也不明白。了悟请大师指点迷津：他到底犯了何错？

“佛门中不舍一人！”慧园大师肃然道，“佛门中对一切众生跟对佛一样，因为一切众生本来成佛，得罪一个众生就是得罪佛啊，是对佛不敬！悟尘请求皈依我佛，你怎能将他拒之佛门之外？”

“弟子知错！”了悟诚惶诚恐地说，“弟子将终生铭记大师教诲！”

无色庵

　　无色庵是一座有百年根基的古刹。古刹建在独秀山一指峰上。

　　这一日,掌门师太无容正在室内静修,弟子静和慌慌张张来报:有一女子求见!

　　"静和,你清修已有一段时日,遇事怎仍是如此慌张?"无容师太对静和的失态甚是不满。

　　静和的失态是受那名女子的容貌直接影响。来人名卓仪越,是山下千市镇一财主的女儿,年方十八,秀发如瀑,粉脸如桃,美目生辉,身材苗条,是一绝色佳人。千市镇有一恶少,名招蜂,垂涎卓仪越的美色,他仗着父亲当县令的权势竟到卓家逼婚。卓仪越本与千市镇一秀才私订终身。秀才见招蜂权势逼人,退缩了。卓仪越的父亲见招蜂给500两白银作聘礼,见钱眼开,不顾女儿的苦苦哀求竟应允了恶少的求婚。

　　"红尘翻浊浪,红颜多命薄!小女子请大师赐一席容身之地。"卓仪越长跪在无容师太的脚下,一脸戚色。

　　"红尘多捉弄,命薄不自弃,善!"无容师太亲自为卓仪越剃度,给其取法名静音。

　　卓仪越在无色庵削发为尼后,男香客突然增多。每日形形色色的男香客上山,他们的目的不是参拜菩萨,而是想一睹卓仪越芳容。卓仪越本为财主女儿,长期养在深闺,千市镇的男人素来只闻其名,无法见到其人,现在有机会,他们都想了却心中的愿望。

静和不胜其烦,在无容师太面前抱怨心怀叵测的男香客骚扰无色庵,影响众人清修。她建议把卓仪越送到后山,回避男香客。

"静音,你意下如何?"无容师太问卓仪越。

"弟子心若止水,香客在弟子眼中已无男女之别!"卓仪越一面平静地说。

"该来的终究要来!"无容师太宣一声佛号,令卓仪越继续在经堂做功课。

男香客仍从四面八方涌来无色庵时,听到消息的招蜂也带着十几名凶神恶煞的打手来到无色庵,逼卓仪越还俗并与他成婚,否则就要火烧无色庵。招蜂的穷凶极恶激怒了那些男香客,他们大声呵斥招蜂不得在佛门净地撒野。招蜂见他们人多,不敢造次,丢下一句:"老子不会善罢甘休!",悻悻而退。

无色庵面临着一场危机。静和满脸忧虑,卓仪越脸含悲色,只有无容师太成竹在胸地说:"贫尼自有办法!"

约十日后,招蜂带着那帮打手,再次来到无色庵。招蜂还未发话,无容先说:"招施主,你真的想娶静音为妻吗?"

"秃婆子,少废话。老子做梦都想睡卓美人!"招蜂不耐烦地说。

"带静音!"无容师太话音刚落,两名弟子把卓仪越从室内带了出来,卓仪越的脸上蒙着一块纱巾。无容吩咐将纱巾取下。

啊! 在场的人都发出了惊叫。原来,卓仪越的脸上两边分别刺着"佛"与"忍"两个字,显得奇丑无比。

"招施主,你还愿不愿意带静音下山?"无容师太双目如电逼向招蜂。

"太残忍了! 多好的一个美人被弄成这样,可惜了!"招蜂气急败坏地对手下那帮打手说,"走,下山去!"

"哪里走？"男香客中一人发话，"静音师太今日会弄成这样，全是这个恶少逼的，揍他！"众男香客呼应，大打出手，把招蜂及那帮爪牙揍得鼻青脸肿。

无色庵复归平静。

这一日，无容师太在室内静修。静和又慌慌张张跑来，说："师傅，静音师妹脸上那字不是真刺上去的，是采用易容术……"。

"你不必惊慌！"无容师太闭着双眼道，"此事正是贫尼所为！"

静和怯怯地问："师傅，这样做，佛祖是否会怪罪我们？"

"佛祖早已原谅我们！"是卓仪越走了进来。

无容师太闻言忙睁开双眼。她看到卓仪越的脸上已用真刀刺上"佛"与"忍"两字，刀口处仍有些许鲜血渗出。

无容师太说："静音，你何必如此？"

"师傅，色即是空，无色无为，摒弃杂念，了脱羁绊，弟子可把一门心思放在功课上！"

无容师太无言。

一年后，无容师太圆寂。遵照师太遗言，静音成了无色庵第12任住持。

天降红雪

南北朝梁武帝大通元年九月，神孝寺僧人神光法师在洛阳城开设道场，引经讲法。神光辩才出众，把诸法讲得圆融无比，一时之间吸引了很多香客。

　　这一日，神光像往日一样，讲罢了经，他表现出一种故作姿态的傲慢，叫围坐听经的僧人提问题。这时从人群中走出一个游方和尚。此人年近五旬，身材高大，黑黑的脸上长着很多络腮胡子，身披的袈裟又脏又硬。他双手合十道："请问法师，你在此干什么？"

　　神光一听，变了脸色不悦道："你刚才不是听见了吗？我在讲经！"

　　和尚又问："请问，你讲的是什么经？"

　　神光被问得有些不耐烦："你身为僧人，难道我讲的是什么经，你听不出来？我讲的是佛经！"

　　"大师！"和尚笑了笑，"你讲的佛经我是听不懂的，因为我讲的是无字真经！"

　　神光一听，大为震怒："无字真经？什么是无字真经？"

　　和尚说："无字真经就是一张没字的纸，黑的是字，白的是纸。我讲经宣扬佛法，教人了然生死。"

　　神光听了，恼羞成怒，他拿起手中的念珠朝和尚打去。和尚没有提防，门牙被打掉了两颗。和尚不想使那些香客为难神光，而是将两颗门牙强咽下了肚子。继而他一言不发，转身走出了道场。

　　经此一闹，神光没了讲经的兴趣，于是撤了道场，回到神孝寺，他对方丈讲了遇到和尚的经过。

　　住持大惊失色，说："那和尚是达摩祖师！"

　　神光痛悔莫及。他独自面壁思过。一个月后，神光决定去找达摩学了然生死之法。其时，达摩已来到嵩山少林寺在壁观参禅。

神光日夜赶路,也来到少林寺。神光来到达摩跟前,恭恭敬敬地跪拜,请求大师宽恕自己的鲁莽无礼,这次特地请求大师传授生死之法。

正在壁观参禅的达摩回过头看了神光一眼,没说一句话,继续打坐。神光跪在达摩后面,开始面壁参禅,一年过去了,又一年过去了,神光如达摩一样面壁了九年。在这九年里,达摩没跟神光说过一句话。

时间来到了冬季。这一日天降大雪。神光忍着二尺深的大雪,忍着天寒地冻仍然跪在达摩的背后。达摩终于被神光至诚求法的精神打动了。他问神光:"你还跪在这里干什么?"

"恳求大师传授了然生死之法!"

达摩说:"我问你,现在天降的是什么雪?"

"大师,现在天降的是白雪!"

达摩说:"等天降红雪之时,我再传法给你!"言毕,大师继续面壁。

神光开始了苦苦的思索:天何时降过红雪?天又怎会降红雪?神光苦思了一年,仍无法找到答案。

次年冬天又至,天又降大雪,仍是白雪。神光跪在积雪深处,突然想到佛陀释迦牟尼在成为佛陀之前为求半句偈,曾舍身伤命。闪念之间,神光从雪地上一跃而起,把挂在石壁上的一把戒刀取下,挥刀将自己的左臂砍断。一时之间,血流如泉,将白雪染成了红雪。神光立即将一捧红雪送到达摩面前。

达摩感慨不已,说:"神光,你为法断臂,求法之心至诚无比。"

达摩当即将不立文字、明见心性等诸法传授给神光,并为神光重新剃度,将其法名改为慧可。

求到了然之法,慧可心绪兴奋。他再次向达摩请教:"大师,求得真法,我内心仍然难以平静,这是为何?"

达摩取出一支干芦苇,在血地上挥苇直书。书毕,转身离去。慧可上前细看,雪地上留下了八个字:无生无死,才能无我!

慧可豁然顿悟。他潜心静修佛法。

梁武帝太清三年,慧可成为中国禅宗二祖。

茶　殇

明朝天顺八年,山东霸州城里来了一个乞丐,此人年过六旬,头发白了一大半,样子甚是可怜。老叫花却不像一般乞丐一样整日沿街挨门逐户乞讨。他仅在吃饭时间上门,而且专门到大户人家府前,左手托着一个饭碗,右手提着一个茶缸,讨一口饭吃,再求施舍一些茶水喝。

天下乞丐都是要饭吃的,哪有乞茶的? 其行为引起了霸州百姓的议论。老叫花要饭的愿望大多能得到满足,而乞茶的愿望不仅得不到满足,并且常常招来一顿斥责:要饭的,还穷讲究?! 饭都没得吃,还奢望喝茶?

老叫花不恼,只苦笑:"喝惯了,一顿不喝就觉得不舒服!"

吃过淡饭喝过粗茶,老叫花常呆坐在树下想心事。老叫花有不凡的身世,此人真名胡得空,乃广西柳州城中富豪,家中拥有良田80亩,豪宅五座。胡得空在20岁时染上茶瘾,嗜茶如命,越喝要求越高,他不仅花费百两银子买来上好茶具,而且百两银子一斤的贡品茶叶也买来品尝。到他 40 岁时,家中被喝得一贫如洗,他先将老婆卖掉,后将 8 岁的唯一儿子卖掉,所得银两又被他喝掉。最终,穷困潦倒的他沦为乞丐。

这一日,胡得空来到霸州城富豪谢以崇府前乞饭。仆人给了他两个馒头,他照例又拿出茶缸乞茶。

"呸!"仆人一见恶狠狠地骂,"撒泡尿照照你的样子,一个穷叫花子还配喝茶? 告诉你,我家老爷不喝茶,只喝血!"

胡得空闻言有些生气:"不给就不给,你怎么骂人?"

"穷叫花子,老子不仅敢骂你,还敢打你!"那守门的大概仗着主子有钱,想在老叫花面前要要威风,说完,扬起了拳头。

"住手!"恰在此时,外出办事的谢以崇回府,喝住了动粗的仆人。了解了事情的经过,谢以崇对胡得空的嗜好甚感兴趣。他将胡得空带入客厅,拿出一罐茶叶让他鉴别。

"珍藏了 300 年的白毛猴!"胡得空一见两眼放光,垂涎欲滴,"这是百年难得一见的茶中珍品,贵比黄金!"

"好眼力!"谢以崇赞道。不过,他话锋一转说,"你嗜茶,我嗜血,咱们做笔交易!"

原来,谢以崇听江湖术士说喝生蛇血可以壮阳,便尝试着喝。没想到,一喝竟然上瘾,每日必杀一蛇,连年来已杀蛇过千条。同时,他听闻喝大山深处的蛇血效果最好。故要胡得空到深山捕蛇。若能捕到 5 条深山生蛇,他给一两"白毛猴"作酬劳。

"一言为定!"胡得空欢天喜地满口应承,一刻不停留朝深山方向而去。

一天天过去了。

一月月过去了。

次年夏,手提 5 条生蛇的胡得空回到了谢府。大半年的捕蛇,使年老体迈的胡得空变得更瘦弱了。一进府门,交换到珍品茶叶,他迫不及待地请仆人帮他泡茶。

谢以崇摇头叹息:"嗜茶如此,真世间少见!"

一杯热茶落肚,胡得空脸上的泪水流了下来:"谢老板莫见笑,老叫花将不久于人世了!"

谢以崇大惊道:"何出此言?"

原来,胡得空进山捕蛇时被蛇咬伤,虽用蛇药镇住,但毒性难以根除,随时会在体内发作。

谢以崇闻言很不安地说:"老人家,是我害了你!"

"不!"胡得空很诚恳地说,"是嗜茶如命害了我!我这将死之人也想劝一劝谢老板,人不能没有嗜好,但嗜好应有个度,嗜好过度,便是恶习,恶习不控制,恶习不戒除,便没有好下场!"

过了几日,胡得空终因蛇毒发作而亡。谢以崇出资葬了他。从此,他下决心戒掉了喝生蛇血的恶习。

宝　杀

"民国"四年残冬,军阀孙传芳嫡系部队旅长袁宝财屯兵河南信阳城。袁宝财嗜财贪色,入驻信阳,即下令搜刮奇珍异宝,物色美女,以填其欲。

信阳城有一大户人家,主人叫梁空望,因经商有道,成了城中首屈一指的富人。梁空望喜收藏,曾用千两白银购得一对玉麒麟,视为珍宝。盘踞在山上的土匪闻讯蠢蠢欲动。梁空望重金聘请了多名武艺高强的壮汉日夜看守。

袁宝财的副官彭泽在一个月黑风高的夜里带着100多名枪荷弹实的士兵来到梁府。彭泽脸无表情地对梁空望说："袁旅长想看看玉麒麟。"

无计可施的梁空望只得将宝物交由彭泽带回。彭泽冷冷一笑地说："梁老板，三日后定将宝物送回。"

第三日夜里，两名士兵果真将玉麒麟送了回来。梁空望打开一看竟是仿制的赝品。但是，面对手握重兵的袁宝财，梁空望敢怒不敢言。

梁空望生有一女名月符，年方十九，长得粉面如桃，体态婀娜，美貌如花，且知书识礼，是信阳城有名的美女。

副官彭泽在一个雪天带着一队人马再次来到梁府。彭泽对梁空望说："夫人近日郁闷不安，想请贵府小姐过去说说话。"

月符被"请"进袁宝财营中，没有见到夫人。见到的是满脸麻子的袁宝财。袁宝财把一份"绝密情报"递给月符，她一见吓得浑身发抖。那份情报上列举了梁空望通匪敛财的二十条罪状。

"这其中哪一条罪状都可以判你父亲死刑。"袁宝财奸笑着对月符说，"现在能救你父亲的只有一个人，那就是你！"

月符在救父心切的心态下被袁宝财霸占了。几个月后，被蹂躏得不成人样的月符才被放了出来。她没有回家，而是到信阳城郊的千尘庵落发为尼。

梁空望怒火攻心，一病不起，不久含恨离开人世。临死前，他吩咐家人将财物留下一部分外其余全部送给穷人。

信阳城中有一文士名吴扬聪，对袁宝财夺财嗜色残暴百姓逼死梁空望的恶行非常愤怒。他只身来到营中面见袁宝财，规劝他悬崖勒马，少干残害百姓的事，否则，没有好下场。

袁宝财恼羞成怒,拔枪就想杀掉吴扬聪,被彭泽拦住。

吴扬聪走后,彭泽说:"吴扬聪是信阳城有名的文士,声望甚高,一枪崩了他,旅座将背上残杀贤才的恶名,不利于今后带兵打仗。"

袁宝财怒冲冲地说:"此人胆大包天,竟敢到军营当面指责我,不杀他出不了我心头这口恶气。"

"此人是留不得的!"彭泽狞笑说,"不过,此人不能明杀,应用宝杀!"

袁宝财急急问:"什么叫宝杀?"

"旅座,杀一个人,明杀用刀用枪,暗中杀他,那就送些财宝给他!"彭泽阴阴地说,"现在兵荒马乱,土匪强盗出没,他们打家劫舍为的就是女人和财宝。吴扬聪是一名文弱书生,手无缚鸡之力,送些财物给他等于让他成为土匪强盗的靶子。"

袁宝财连称这招"借宝杀人"之计甚妙。彭泽精心挑选了一个日子,带着30多名士兵一路穿街过巷,前头的士兵敲锣打鼓,后边的士兵高呼:"袁旅长求贤若渴,敬重吴扬聪老先生的为人,特地将祖传的名贵古董一对大花瓶赠送给他。"

宝物交到吴扬聪手中,彭泽暗中欢喜,回去等候吴扬聪被杀的消息。但是,一晃过了半个月,吴扬聪竟毫发无损。原来,那一天,彭泽走后,吴扬聪在搬花瓶时,故意失手把花瓶摔了粉碎,从而逃出了杀劫。

逃出杀劫的吴扬聪再一次来到袁宝财的营中,双手递上一个鼻烟壶说:"多谢旅座厚爱,赠送宝物,无以回报,翻遍家中之物找到祖传的这唯一宝物,特来献给旅长。"这鼻烟壶是玉翡翠制作,异常精巧,端起细闻异香扑鼻而来。更妙的是壶内的四壁镶着四幅男女交欢的宫图。嗜色如命的袁宝财一见爱不释手,将烟壶藏于衣袋中，一有空闲就取出观赏闻香。

　　"民国"六年夏天的一日，副官彭泽像往常一样走进营中向袁宝财汇报军情，却发现袁宝财直挺挺地死于案前。医官检查后证实是中毒身亡，但是，是如何中毒的却查不出来。最后，怀疑毒源来自鼻烟壶。再细查，才发现鼻烟壶中含有一种毒素。这个鼻烟壶是用千年香精和一种无色无味的毒药熏制而成。久闻而使袁宝财慢性中毒身亡。

　　彭泽带了一队人马赶到吴扬聪的住处，却发现他早已没了踪影……

富有的仆人

　　北宋熙宁十年，南粤广州城古董商范阳做了两宗较大的买卖，赚了近千两的银子，一跃成为城中的富人。

　　范阳是小贩出身，走街串巷收旧铜烂铁，风里来雨里去奔波了近 20 余年，年方四十，得以发迹。范阳感慨万千，追昔抚今，他带着弥补过去的心态决定好好享受生活。范阳拿出过半的银两，购买了百亩良田，建造了一座豪华的府第，纳了两房新妾，过起了逍遥快活的日子。

　　范阳家中原本只有两名仆人。一为原配夫人的丫环，另一即是听他差遣的老管家。发迹后的范阳为了显示家中的富有，竟拿出银两给府中雇用了 12 名仆人。其中 5 名为丫环，专门服侍其妻妾，另外 7 名为男仆，专事家中及后花园的杂务。

在新雇佣的这批男仆中，有一个叫毛志珍的，年方17，还是个稚气未脱的孩子，长得皮肤白净，生得眉清目秀，甚像大户人家的公子。范阳初时颇有微词，认为老管家选人不当，后见毛志珍干活卖力，亦不再多言。

这一日中午，范阳正和一妾在房中嬉乐，老管家来报：毛志珍在客厅打扫卫生时，不小心将案台上的长颈花瓶碰落，摔了个粉碎。

范阳闻言，气怒交加，这个花瓶是几天前花了近百两银子从一个破落大户家中买来的唐窑珍品。他一直视为至宝。没想到转眼间竟毁于一个毛手毛脚的男仆手中。

火冒三丈的范阳来到客厅，毛志珍竟然一点惊慌的神色也没有，他很平静地对范阳说："老爷不必动怒，毁坏的花瓶，我赔你！"

"你赔？你一个穷小子拿什么来赔？"范阳气汹汹地说，"你一个月仅有一两银子的工钱，就是不吃不用，也要十年才能攒够这个花瓶的钱！"

"我没钱，但我家里有！"毛志珍很自负地对范阳说，"不瞒老爷说，像这样的花瓶，我家中至少也有几十个。三天之内，我让人给你送一个来！"

哼！范阳想：撒谎也没有个谱。你家里这么有钱，还会出来做仆人？但是，商人练就的精明令他暂时强压怒气，毛志珍既然承诺赔偿，权且等三日后再作论理。

出乎范阳意料的是，第三日一大早，果然有两个家丁模样的人送来了一个上好的花瓶，质地大小和摔破的几乎一模一样。范阳惊疑不已，问家丁："这毛志珍到底有何来历？家中竟会如此富有！"

家丁说:"我家老爷叫毛万山,毛志珍是老爷的三公子。"

范阳闻言大惊失色:毛万山乃广州城首富,拥有良田三千亩,钱庄八所,豪宅十处!

片刻,范阳满腹狐疑地问那两名家丁:"你家少爷为何甘愿来我府中做仆人?"

家丁摇头说:"这是老爷的主意,具体原因小的不知道"。

范阳苦思数日,不得其解,便挑了一个日子和老管家来到毛府专程拜访毛万山。来到毛府,老仆人说:"老爷正在田庄种菜。"老仆人告诉范阳他家老爷一有空闲就坚持到田里干些农活。

范阳连忙请仆人指路。来到田庄,只见太阳下,一身布衣打扮的毛万山正给两垄韭菜松土,其衣服多处已给汗水打湿。

"创业难,守业更不易!"毛万山感慨万千地对范阳说,"满足富有,骄奢放纵就是家中破败的开始。故毛家立下祖训,凡未成年者须到大户人家做仆人,且须干上两年,否则,不得继承家产!"

范阳一脸愧色,说:"多谢毛老先生教诲。"

数日后,范阳将毛志珍介绍到另一大户人家中做仆人,将其余新雇佣的仆人悉数遣散。他则带着16岁的长子范举来到毛府做了一年的仆人。此事曾成为当地一大佳话。

后据野史记载,从北宋至明崇祯十八年共560余年中,毛家和范家一直成为当地的豪强望族。

棋痴莫不平

清道光九年,湖南长沙城来了一位棋士,在闹市中设擂,称能与他战成平手者可得白银二两,若能胜他者则可得白银十两。

此人叫莫不平,出生于江西九江一富商家庭。莫不平五岁习棋,天赋甚佳,至十岁成了有名的棋童。后得一游方和尚指点,练得一手出奇制胜的怪棋。至20岁他成了方圆数十里有名的棋手。

棋艺愈精,谈棋兴趣愈浓。莫不平日不离棋,每日必与人对弈一二局,否则吃睡不安,茶饭不香。

21岁那年,莫父为莫不平物色了一位王姓女子为妻。成亲之日,莫不平竟神不守舍,闷闷不乐,因为当日没有时间与人对弈。傍晚,送走客人,夫妻俩步入洞房,莫不平对王氏说声"失陪!"从后门溜了出去,找人下棋去了。

新婚之夜王氏独守空房,倍感屈辱,不由放声大哭。哭声惊动家人,细问缘由,莫父大怒,大骂莫不平是混账东西,并忙派家人去找。少时,仆人回报:莫不平在五里外的刘家庄和三名棋手同时开战,正进入残局阶级,他声言不胜不归。

嗜棋如此,真世间少有。村中人因此送了一个棋痴的绰号给莫不平。

莫不平每日奔走于乡间村舍找人对弈,但是,愿与他对弈者越来越少。一者,普通棋手不是其对手,棋不逢对手,何来谈兴?

二者，莫不平变得越来越自负，只许胜不许败成了他谈棋的目标。偶尔失手落败，他气得捶胸顿足，大骂自己混账。胜者见他声嘶力竭的惨状觉得胜了他也没意思，故逐渐疏远他。

对棋痴莫不平来说，找不到对弈之人，那比杀了他还难受。莫不平从家中取出一笔银两，开始游走江湖。从九江来到长沙后，莫不平初与人交手，运用怪棋连胜了几名好手，获得一片喝彩，便萌生了设擂扬名的想法。

一名远方棋客敢在异乡城中闹市设擂，定是身手不凡。长沙城中的棋手闻讯纷纷赶来同莫不平一较高下。参赛者众多，莫不平决定每日只同三名棋手过招。

一晃两月过去了，竟然没有一人是莫不平的对手。连战连胜的莫不平感到快意无比，每日对弈结束，回到客栈必叫来上好酒菜吃喝庆贺。

这一日，来了一位青衫少年，约十八九岁，书生模样，虽是稚气未脱，但双目炯炯有神，英气逼人。莫不平也不在意，同平日一样与他交手。

棋至中盘，莫不平的额头渗出了层层汗珠。他碰到了平生以来最厉害的对手。少年年纪轻轻，却下得一手老辣之棋，攻势凌厉无比，守棋滴水不漏。莫不平施展其平生绝学，亦不是其对手。

莫不平不服，提出再战一局。少年答应。

第二局，少年又胜。莫不平气急败坏，从身上掏出二十两银票，丢在少年面前，捶胸顿足而去。

有人将银票拾起递与少年。少年却不接，说："谈棋者乐在棋中，怎能用银两来败了雅兴?!"

青衫少年胜了棋痴的消息传遍了长沙城，莫不平怒气攻心，病倒在客栈。调养了数日，才慢慢好转。

青衫少年闻讯专程来看望莫不平。余怒未息的莫不平不仅不领情,还怒冲冲地说:"你在闹市羞辱我还不够吗? 还要跑到这里来?"

少年却正色道:"你号称棋痴,痴棋如命,把三十余年时光用于谈棋上,却不懂谈棋之道。谈棋者分为三品。痴棋如命胜负定悲欢者为下品,棋中有乐乐在棋中者为中品,棋中有棋棋外有棋者为上品。莫先生你大半生为棋所困,为棋所累,真枉为棋痴!"

莫不平闻言,幡然顿悟,他对少年拱拱手,一脸羞惭地说:"多谢教诲,请问少侠大名?"

少年微微一笑说:"在下乃一介书生左宗棠!"

莫不平病愈回到九江,接手父亲手中的商务,至终老不再谈棋。

残 棋

唐贞观五年,福建泉州富商之子贺雄华带着两名仆人到山野里狩猎。进入密林,天骤下大雨,仆人发现林中有一山洞,连忙将主人带入避雨。山洞不大,里面有石制的床、桌和椅子。更出奇的是,桌上放着一本中国象棋棋谱,用牛皮纸扎成,有百来页。

贺雄华时年 20 岁,喜读诗书,更喜谈棋和狩猎。在荒野山洞中见到这样的一本棋谱,他暗暗称奇。翻开首页,上面只写着一行字:这是一部破解残棋的奇书。落款为棋子著。

贺雄华如获至宝,将书带回家中研读。棋谱每一页都是画着一局残棋的开局和结局两幅画，旁边是布局走法的注解。贺雄华按注解试行，结局同书上所示的结局竟完全不同。他愈感奇怪，逐一对照，试行，全书共 108 局残棋，试行结果没有一局是和棋谱所示的结局相同的。

贺雄华感到百思不解，谈棋的兴趣被调动起来。他闭门谢客，日复一日在房中研棋，连狩猎也不去了。

一晃，贺雄华在家中研棋两载，除了感到这本棋谱中所示的残棋暗藏杀机、变化莫测外，对其中的谜云及奥秘依然一无所知。

第三年，贺雄华在家门口张榜招募棋士，凡能破解棋谱奥秘者，赏黄金 10 两。痴棋者闻讯，纷纷赶至贺雄华家中。贺家顿时成了一间棋院。这其中既有如贺雄华一样的棋痴，但也不乏滥竽充数浑水摸鱼的角色。贺雄华却来者不拒，热情招呼棋客。将他们分成几组，仿照棋谱每日同他们执子演练。

又是三载，棋谱之奥秘仍然无法破解，贺雄华仍痴心不改，拿出黄金 100 两，在家中建了一间像样的棋院，然后派仆人到城中散发英雄帖，凡能与他对弈成平手者，即可入住棋院，共研残棋，所有开销由贺家支付。附近州府的棋迷闻讯便赶来一会高下。最后，有 12 人住进了贺家。

贺雄华的妻子王氏，年方 20，貌美如花，性格活泼好动。丈夫志趣于棋，令她在寂寞的空房中难受不已。王氏初时忍耐，想等丈夫破解棋谱之谜后回头，但苦等六载，仍然没有头绪。青春虚度，王氏心有不甘，日子一久，竟有红杏出墙之意。

恰招进来的棋客中有一名叫韩浪的人，是个好色的轻薄之徒，他竟然从王氏哀怨的眼神中看出她的心思，便设法勾引，两人很快勾搭成奸。

一日，韩浪和王氏在房中幽会，被家人捉个正着，用绳子绑了，仆人飞报贺雄华。贺雄华竟轻描淡写说："不要为难他们，给他们一些银两，让他们走得远远的！"

仆人还想说什么，贺雄华却说："走了好，走了清净！"

到贺雄华50岁时，棋谱之谜仍然没有破解，但经过多年钻研，他的棋艺长进了不少，成了泉州一顶一的高手，不幸的是，家中商业无人经营，坐吃山空，万贯家财所剩无几，在城中无法立足。贺雄华听老管家意见，将仅剩的一套房子卖了，将钱拿到乡下买了十几亩地租给没田的农民耕作以维持生计。

黄金散尽不复来，棋客各散西东，贺雄华带着一个仆人来到乡下，草草打发一日三顿，仍在冷清中研棋。

又是10年，贺雄华年近60，身体虚弱，担心不久于人世，决定将棋谱传给一名有资质者。便让老仆人传话：凡能连胜他五局者，将棋谱相赠。

数十年谈棋，愈老愈辛辣，贺雄华的棋艺已达到炉火纯青的境界。前来较量的数十名棋手竟然没有一个是他的对手。贺雄华既为自己的棋艺感到快慰，亦为交不出棋谱而不安。

这一日，突然来了一位和尚，年近七旬，慈眉善目。贺雄华吩咐上茶，和尚却吩咐摆棋。当下就厮杀起来。半日时光，老和尚连赢五盘。贺雄华将棋谱拱手送上，老和尚接过棋谱，二话不说就丢进正在煮茶的火堂中。贺雄华又惊又急，来不及抢，棋谱已化成一堆灰烬。

"阿弥陀佛！"老和尚说，这棋谱的作者棋子是他的师父。师父是一位棋痴，长年研棋，却棋迷心窍，最终神经错乱。这本棋谱是他在半是清醒半是糊涂时所撰。

"贺施主穷尽一生，苦研残棋，终非善事！"老和尚双手合十道，"罪过，罪过！"

完　局

　　清雍正十三年秋日,棋王莫彦朝在云霄山飘缈峰上与一群象棋好手展开车轮战。

　　莫彦朝慧根独具,八岁与村中长者对弈,胜多输少,其谈棋天资令人惊叹。他十岁师从一代棋师招峰,十五岁成名,在江湖上纵横驰骋三十年,所向披靡,成为名满天下的棋王。

　　飘缈峰之战是一场恶战。莫彦朝以一敌十,感到甚为吃力。这十名棋手均是云霄山下云霄城中一顶一的高手。而且,他们为迎战莫彦朝已研棋两载,在苦苦寻求破解棋王的妙招。在某种意义上,莫彦朝成了一个靶子,象棋好手均在心中举起了枪,设想若能一枪击中莫彦朝,令其落败,那是多么了不起的事。

　　比赛进行了两天一夜。莫彦朝以棋王的淡定稳健和从容击败了一个又一个对手。坚持到最后的一名棋手叫陈猛,此人年过四十,功底扎实,攻势凌厉。进入残局,莫彦朝以一对一与他下了两个时辰,最终以一卒的优势胜了对方。

　　莫彦朝正惊叹在小城之中有如此棋艺者实属难得。不料,落败后的陈猛双手将棋盘掀翻在地,口中大叫:"天啊,我输了,我什么也没有了!"言毕,向山下狂奔而去。

　　观战的一位长者一边叹息一边向莫彦朝解释陈猛失态的原因。陈猛亦是极具天分的棋手。二十岁就成了云霄城屈指可数的高手,与人交战,胜多败少,陈猛日渐变得自负傲慢和狂妄起来。至三十岁,陈猛嗜好下赌局,每与对手交战,必先下赌资,或金银或名贵物品。三十五岁那年,陈猛与一商人下赌局,对方出资 500 两白银,陈猛则押上祖传下来的豪宅。结果,陈猛输了,一夜之间,陈猛由大户人家沦为贫民。城中百姓送了一个"棋癫"的绰号给他。

陈猛是带着复仇的心态与莫彦朝交战的。云霄城中有一财主垂涎陈猛妻子王氏的美色。车轮战前,他主动找陈猛下赌注:若陈猛能胜莫彦朝,他送上百两白银和五名年少貌美的丫环,若陈猛败北,则把王氏送与那财主做妾。嗜赌而又输红了眼的陈猛带着侥幸的心理孤注一掷与那名财主签下这一场赌局。

"唉,谁能想到,一场对弈,竟落得个家破人散的下场?!"那名长者仰天长叹。

众人散去,只有一人留在飘缈峰上,他就是棋王莫彦朝。

"谈棋本是雅事,竟会与如此恶俗之事紧紧相连?"莫彦朝感到痛心疾首。

莫彦朝独对飘缈峰反思。他意识到,每一场对弈与打一场仗无异,进兵挥戈,攻城陷阵,折兵损将,最终只剩一兵一卒,惨烈无比,而自己不仅毫无怜惜之心,而且感到快意无比,这种情绪感染了天下多少棋手? 进攻,厮杀,这难道就是一位成名棋手的毕生使命?

一个月后,莫彦朝走下飘缈峰。走下飘缈峰的莫彦朝带着一颗怜惜之心,带着一位成名棋手的使命去探索一种全新的棋局——完局。完局的主题是不战而屈人之兵。其形式是一场对弈下来,不论胜败和局,本方所有棋子不折损一个。

为完局而战的莫彦朝招致了天下棋手的耻笑。刻薄者讥讽他走火入魔神经错乱而致胡思乱想。为完局而战的莫彦朝也遭到了致命的打击,刚一开局,对手就以炮屠马,保持完局就成了异想天开的事。

在江湖奔走了一段时日的莫彦朝,带着失意失落的心情带着几名弟子重上飘缈峰,他躲在山洞里苦研完局。一年年过去,转眼,莫彦朝到了风烛残年,但是,保持完局的战术依然无法求得。

这一日,弟子进来通报,一位和尚登上了飘缈峰,要与莫彦朝对弈一局。

"一生谈棋无数,多对弈一局少对弈一局又如何?"莫彦朝兴味索然地说,"不战!"

和尚却说:"莫施主,一生谈棋无数,精彩的往往只有一局!"

莫彦朝闻言精神大振,吩咐摆棋。

和尚执红先行,他走的第一步是仙人指路,兵进一步。

莫彦朝飞象。

轮到和尚走棋,和尚停了下来,他对莫彦朝说:"莫施主,此局对弈就此摆手,以和收局,您意下如何?"

双方兵将俱全而收局,这不正是莫彦朝苦苦追索多时的完局吗?

莫彦朝感激万分,对和尚说:"多谢大师成全!"

和尚双手合十说:"似莫施主这般慈悲心肠苦心为棋者,天下又有几人?"

和尚法号不颠。不颠真名陈猛。陈猛是在飘缈峰车轮战落败后遁入空门的。

最后一局

北宋熙宁五年,西域出了一位象棋大师车向路,棋艺达到了登峰造极的境界。中原不少棋士闻讯纷纷赶去同车向路一较高下,但都铩羽而归。

在汴梁城中做私塾先生的秀才公孙无多亦是一位棋士。他八岁习棋,天赋平平,苦练二十余年至三十岁,亦未能成为高手,但其棋瘾不小,每有闲暇必找人对弈。

受到冷落,公孙无多的妻子孙氏对此既不解也不满:"下棋又不能当饭吃,何苦如此消磨时光?"

公孙无多却道:"你真乃妇人之见。棋中之乐非下棋者又怎能懂得?"

公孙无多嗜棋,但是找他下棋的人却很少。下棋找高手,此乃楚河汉界的规矩。汴梁城中的棋手曾慕名而来找他对弈,战罢几轮,见公孙无多棋艺平平,便了无再战的兴趣。

公孙无多常为找不到对弈之人而困惑:都说曲高和寡,高处不胜寒,我一个普通棋手竟然找不到可以交手之人,这又是为何?对弈志在于棋,乐在于对,何苦要把一较高下当成对弈的唯一目的?

没有对弈之人的时候,公孙无多自己跟自己下,左手执红,右手执黑,下得也甚是有趣。

孙氏见了,以为他棋迷心窍,走火入魔,急急请来大夫。待弄清原委，又有些哭笑不得。日子一久，她也见怪不怪了。

西域出了一位象棋大师车向路的消息传到了公孙无多的耳中，他当即做出决定：远赴西域，同棋王对弈一局。

孙氏极力反对，从汴梁到西域路途遥遥，半途常有剪径的强盗出没，艰险重重。而且，公孙无多棋艺平平，没有任何胜算的把握。这样前往西域与车向路对弈，无异于以卵击石，自讨没趣，又何苦呢？

公孙无多却说："对于一名棋士来说，能与顶尖高手对弈一局，真乃快慰平生之事，又何必计较谁胜谁负呢？"任孙氏百般相劝，也没法使他改变主意。

孙氏说："若你决意去西域，那就先把我休了。"

公孙无多一咬牙说："也罢！"一纸休书把孙氏休了。他带着盘缠，一个人朝西域边陲进发。一路上风餐露宿，可谓吃尽了苦头，但与大师对弈一局的乐趣在支撑着他。

从汴梁到西域有千余里的路程，公孙无多走了足足一年，才进入西域边境。他还没来得及高兴，就遇上强盗打劫，把他的衣物和银两悉数卷去。进退两难，无计可施。最终，他只能沿途乞讨，历尽艰辛来到西域。

车向路人在西域，声名在外，前来西域与大师交战的棋手走了一批又来了一批。车向路立下规矩，不管来了多少人，每日只与一位棋手交手，每次只对弈一局。

公孙无多来到车向路的棋舍报名参战。棋舍的仆人告诉他，所有棋士不管棋艺高低等都得按其报名时间为序排列，公孙无多是第1096个前来报名的，按排列要等上三年才能与大师对弈一局。

仆人见公孙无多衣衫褴褛，脸无血色，担心地问他，能否等上三年。

"我能!"公孙无多异常坚定地说。

为了生存,公孙无多发挥所长,教西域商人学说汉语,挣些银两度日。

在漫长的等待中,公孙无多白天在书舍教书,夜里就赶到棋士落脚的客栈找人对弈。尽管每次对局,他都以败北告终,但他一点也不将胜负放在心上。时间一长,他的耐性也赢得了棋士的称赞。

漫长的三年终于过去了。这一日,终于轮到了公孙无多前往棋舍与棋王车向路对弈。年过六旬的车向路连年厮杀于楚河汉界,模样甚是疲惫。他早有收山之意,只是慕名而来的棋士像流水一样连绵不断。他不忍心让那些棋士失望,只有日复一日地对弈。精力透支,满脸倦容,唯有炯炯有神的双眼在闪现着棋王风采。

依照惯例,公孙无多执红先行。一炷香时间,棋至中盘,公孙无多已处劣势。尽管如此,公孙无多依然淡定自如,有条不紊地下着。

车向路突然长叹一声说:"公孙先生如此定力,真乃我生平罕见!车某平生与人对弈无数,棋至中盘,处劣势者莫不脸上变色,额头冒汗。似先生如此淡定者再无二人!"

公孙无多正色道:"车老前辈过奖了。公孙棋艺平平,仍然乐在棋中,就是与人对弈从不在乎胜负。胜负不放在心上,局势就不会左右情绪,落子自然淡定自如。"

"普天下棋士远道而来,无不想胜车某一局而扬名天下,似公孙先生这般视对弈为乐趣而来的棋士天下再无二人!"车向路感慨万分地说,"公孙先生虽然棋艺未达纯青之境,但对棋之悟却在车某之上。"

言毕,车向路将棋子掷在棋盘上说:"此局以平手收局。"并决定从此不再与人对弈。

公孙无多与棋王之战成为最后一局。从来与人对弈没有胜过的公孙无多却在与棋王之战中战成平局,一时成为棋坛奇谈。

名医朱尚志

清朝末年,渭河下游的商州城出了一位名医朱尚志。朱尚志幼年时得一江湖异人的指点,深悟中医学的药理和病理精髓。18岁开济生堂行医以来,朱尚志救死扶伤数以万计。在行医的同时,朱尚志还习诸子百家,内外兼修,堪称一代儒医。

朱尚志自悬壶以来,从未失过手。伤情再重的病人,若他肯出手相救,必定能化险为夷。但如果他认为没有把握,病人家属纵是出百两黄金,他也不愿问诊。这是他开济生堂以来立下的一条规矩。

这一日,商州富豪吴望达差管家到济生堂求医。朱尚志到了吴府,才知道是吴望达的爱妾媚雁身染恶疾,性命危在旦夕。原来,十日前,媚雁在两丫环的陪同下到青桐山望云寺进香。行至半途,媚雁内急,便由一名丫环陪伴到山腰的一处草丛小解。不料大腿内侧被一只硕大的蟋蟀咬伤。初时,只觉得有些痒痛,也没放在心上。回家数日后,便感到头痛目眩,浑身忽冷忽热。家人只当染了风寒,请来郎中开了一些散热药给病人吃了,病情不但没有减轻，病人反而变得全身浮肿，气若游丝。

"晚了！"朱尚志给病人把脉后，对吴望达说，"咬媚雁姑娘的蟋蟀不是一般的虫子，这种蟋蟀是以山野新坟为寄生处的毒虫。这种毒虫专吃尸体为生，身上藏有百毒。人一旦被咬，要即时进行局部放血，再用解药内服外浸，方能解脱。媚雁姑娘身上的毒已扩散至全身，纵有灵丹妙药，也已回天无力！"

吴望达闻言，万分焦急道："先生，你想想办法吧！若能治好爱妾的病，我愿出 300 两黄金作酬金！"

"没有把握，我岂敢用药?!"朱尚志摇头叹息。

吴望达突然跪倒在地："先生，吴某若失去媚雁，后半生陪伴的只有痛苦，恳请先生开恩，哪怕只有一线希望，也帮吴某珍视！"言毕，泪水从他深陷的眼眶流出。

朱尚志连忙扶起吴望达道："我看不到一线希望，用药只是徒劳，也是浪费财物，你另请高明吧！"说完，匆匆告退。

吴望达望着朱尚志的背影，狠狠道："为惜名声，如此狠心，真枉为名医！"

吴望达没有死心，仍派管家赴京师请来一位名医。那位医师开了几济药取走了 100 两黄金。但是，最终媚雁如朱尚志所说的一样被毒魔夺走了性命。

料理完后事，吴望达冷静下来一想，觉得朱尚志所为才是君子风范，不由得感叹万分道："朱先生所为，不愧名医称誉！"

朱尚志的名声因此又响了许多。商州城有一名小偷也由此起了歹意，他想朱尚志乃名医，所用之药必定为名贵药材。于是，在一个月黑风高之夜，潜入济生堂，将药柜的中药倒入一个大布袋中，偷偷运抵渭河上游的霸州准备卖给药房。药房伙计查点后说："这些都是田七党参之类的普通药材，仅值几两银子。"

小偷不信,自言自语:"名医朱尚志的药竟如此不值钱?"

药房老板精明过人,立即吩咐伙计将小偷擒住。药房老板久闻朱尚志的大名,更加敬重朱尚志的为人。他和两名伙计亲自将小偷和赃物押送到商州。

朱尚志对老板表达了谢意,又吩咐手下取来几两银子给那名小偷,让他回家做些正经事。小偷感动得呜呜直哭。朱尚志长叹说:"谁愿意做小偷?兵荒马乱的,没有生计,才起歪念。"

药房老板连赞朱尚志仁慈。接着,他问朱尚志:"你行医都用普通药材吗?"

朱尚志说:"药不一定要名贵,而贵在活用巧用。只要按药理施药,普通药也可配制出名贵药材的功效。"

清宣统三年,朱尚志身患重病。朱尚志的大儿子派人四处寻找名医替父亲治病,被朱尚志制止了:"我这病已无药可治,无须再花费力气和钱财!"

临终前,朱尚志立下一个遗嘱:"凡朱家后人,资质不佳者,心术不正者,沽名钓誉者,贪图钱财者,不准涉医。"

当年岁末,朱尚志病逝,年仅47岁。商州百姓悲痛万分,人们从四面八方赶来吊唁。人群里。一名八十多岁的白发老者手持挽联,脚步颤抖地走进灵堂。他正是吴望达,挽联是他亲笔手书的:苦心治病,良心为人!